ÇA S'EST PASSÉ DEMAIN

Du même auteur, dans la même collection :

Crime d'auteur
Plongée fatale

ÇA S'EST PASSÉ DEMAIN

JACQUES ASKLUND

RAGEOT

ISBN 978-2-7002-3602-6
ISSN 1766-3016

Aux Castors.

LUDO EST MORT

J'ai à peine le temps d'entrer, de claquer la porte d'un coup de talon et d'expédier mon sac à dos au pied de l'escalier que le téléphone retentit. Le numéro d'Alexandre s'affiche. Je décroche.

– Allô Maxime ?

C'est bien Alex. Cela fait à peine cinq minutes que je l'ai laissé devant chez lui que déjà il me relance.

– Alex ? Qu'est-ce qui se passe ?

Il habite à deux maisons d'ici. Pendant notre retour du collège, inspiré par le beau soleil de mai, il m'a raconté dans le détail ses histoires de cœur avec sa nouvelle copine. Il faut croire qu'il n'a pas tout dit... Il prend son temps.

– Mais parle, Alex !

– T'as appris ? finit-il par dire. Ludo est mort !

La nouvelle me glace. Je parviens à articuler :

– Co… comment c'est arrivé ?

– Ma mère m'a dit qu'il avait été renversé par une voiture alors qu'il traversait la nationale.

– Et ça s'est passé quand ?

– En début d'après-midi.

Ludovic, c'était le compagnon de nos balades en ville. Handicapé de naissance, il souffrait de gros problèmes tant pour marcher que pour parler. Il passait son temps à promener sa drôle de silhouette désarticulée à travers les rues de Souvigny, cherchant un passant à accoster, le sollicitant d'un rire bref en guise de bienvenue avant d'effectuer quelques pas en sa compagnie.

On ne savait à peu près rien de lui mais il était l'ami de tout le monde et il ne serait venu à l'idée de personne de se moquer de ses insuffisances ou de manifester de l'impatience. Je suis stupéfié :

– Tu te rends compte, j'ai fait un bout de chemin avec lui ce matin en allant au bahut ! C'est qui le conducteur ?

– On n'en sait rien. Il s'est sauvé !

– C'est pas vrai ?

– J'espère qu'on va le retrouver, le fumier !

– Y a intérêt ! je conclus.

Je monte dans ma chambre, bouleversé. Je me revois, marchant dans la rue à côté de Ludo, ayant renoncé depuis longtemps à interpréter le désordre de ses propos, sans qu'il m'en veuille pour autant. Je revois ses façons de me pousser par jeu en m'assénant des « Copains ! » convaincants. En échange de mes chewing-gums, il m'offrait une bille en verre, un porte-clés ou une pochette d'allumettes récupérés je ne sais où. J'ai du mal à admettre que tout cela est fini.

Ma mère arrive à la maison une bonne heure après moi. Elle est prof de maths au lycée Blaise-Pascal. Je la retrouverai l'année prochaine quand j'entrerai en seconde. À la façon dont elle suit mon travail, je crois qu'on arrivera à cohabiter.

Elle a appris l'accident de Ludovic en s'arrêtant acheter le pain. Elle me rejoint dans ma chambre et s'assoit sur le lit à mes côtés. Elle parle d'une voix basse, un peu hésitante, comme toujours quand elle est émue :

– Il était de ces rares personnes à traverser la vie sans jamais perdre le sourire. C'est ce souvenir que tu dois garder de lui.

Ses efforts pour me venir en aide sont couronnés de succès. J'avais résisté jusque-là. Je ne retiens plus mes larmes.

Au dîner, notre tête à tête est silencieux. Je laisse la purée refroidir dans mon assiette pendant que j'y dessine mécaniquement des arabesques du bout de ma fourchette.

– Tu as eu des nouvelles de papa ? je finis par demander.

– Il m'a téléphoné ce matin. Il est encore à Strasbourg. Il pense rentrer au milieu de la semaine prochaine.

Mon père vend et entretient des machines destinées aux imprimeries. Il est souvent sur les routes car il doit couvrir une vingtaine de départements. Il lui arrive de rester absent de la maison une quinzaine de jours d'affilée. Ce soir, plus que jamais, ce père à éclipses me manque. Maman sent ma déception.

– Il m'a dit qu'il t'avait trouvé un cadeau. Tu seras surpris.

Je souris pour la forme.

Le dessert avalé, je remonte dans ma chambre. Coup d'œil rapide sur mon agenda. Je le referme en décrétant que je peux vivre sur mes acquis. Je m'installe devant mon ordinateur, décidé à passer la soirée à chatter. Détour par la messagerie.

Au milieu des spams habituels, vite envoyés à la corbeille, je remarque un curieux message. Il ne comporte pas de mention d'expéditeur et propose trois points de suspension en guise d'objet. Je n'ai jamais rien reçu de tel.

L'antivirus reste sage, j'ouvre. Ça rame!... Je soupçonne l'arrivée d'un lourd fichier publicitaire. Je m'apprête à le supprimer quand un lecteur d'images dont j'ignorais jusque-là l'existence s'affiche sur l'écran. Apparaissent alors des séries de taches sombres qui s'organisent progressivement en lignes et colonnes. Par endroits se dessinent des rectangles colorés. On dirait une page de magazine massacrée par un lavage en machine. La qualité de l'image s'améliore peu à peu. Je décide d'aller au bout du chargement.

En attendant, je vais retrouver sur le web mes correspondants habituels. La toile bruisse de la mort de Ludovic. « Mira-la-Belle », une fidèle du chat, a assisté à l'accident. Elle affronte le feu des questions. C'est une Audi de couleur claire qui a renversé Ludo. Elle était immatriculée dans le 92, conduite par un homme. Le chauffeur a démarré en trombe à l'instant où le feu passait au vert sans se soucier du handicapé qui tardait à traverser... Il l'a heurté de plein fouet et il a poursuivi sa route. Il n'a même pas freiné!

L'émotion est vive chez les internautes. Je passe un long moment à poser des questions et échanger des commentaires.

Il est tard lorsque ma mère vient me rappeler que, demain, le réveil sonnera à sept heures.

– J'éteins l'ordi et je me couche!

Je retourne une dernière fois vérifier mon courrier. Le message est enfin affiché dans sa totalité. Il s'agit de la première page d'un numéro de *L'Éclaireur du Centre*, le quotidien de la région. La définition de l'image est très médiocre. Les articles en petits caractères sont mal restitués, de même que les photographies. Seuls les titres sont lisibles. Dans le quart inférieur droit, je lis : « Accident mortel à Souvigny – Un handicapé renversé par une automobile qui prend la fuite. »

Je demeure ébahi quelques instants devant l'écran. D'où cela vient-il ? Quelqu'un a dû récupérer un exemplaire du journal qui sera distribué demain matin. Mais dans quel but a-t-il décidé d'en faire circuler, et de manière anonyme, une si mauvaise reproduction dès ce soir ? Et pourquoi m'avoir choisi comme destinataire ?

L'HOMME AU DIAMANT

J'aime le mercredi après-midi. Ma mère, qui est une militante active de la cause des enseignants, assure en ville une permanence syndicale. J'ai toujours été étonné de la voir ainsi s'engager, elle qui doit lutter sans cesse contre sa timidité. Mais j'aime, de retour du collège après la cantine, avoir la maison pour moi seul.

Dès la porte ouverte, je me précipite sur *L'Éclaireur du Centre* arrivé avec le courrier.

La première page est semblable à celle que j'ai découverte hier soir sur l'écran de mon ordinateur.

Sauf qu'elle est parfaitement lisible, évidemment.

L'article concernant la mort de Ludovic n'ajoute rien aux informations qui circulaient sur le Net et qui animaient les conversations ce matin dans la cour du collège. Rien de précis non plus sur l'enquête qui commence. Alexandre, à la récré, s'est taillé un petit succès quand il a commenté l'affaire. Il faut dire que son père, Louis Ventura, est le chef de la police municipale de Souvigny.

– Paraît qu'avec la marque de la voiture et le numéro de département, on arrive presque toujours à mettre la main sur les chauffards !

Maigre consolation pour tous ceux que la mort de Ludo a bouleversés.

J'abandonne la lecture du journal et monte dans ma chambre prendre la blouse blanche que j'enfile pour mes travaux. Je sais que c'est ringard mais j'aime me mettre dans la peau d'un savant dans son laboratoire. Dès que j'ai eu l'âge de tenir un outil, je me suis passionné pour le bricolage. Attention ! Je n'ai rien du maniaque des jeux de construction ni du gars qui s'éclate à monter des étagères en agglo ou à réparer la plomberie... Ce qui me passionne, c'est de dépecer les magnétoscopes hors d'usage, les lecteurs de DVD déglingués, les ordinateurs déchus, les téléphones portables démodés, les caméras vidéo en bout de course. C'est fou ce qu'on peut trouver comme matériel de récupération pour trois fois rien.

– Qu'est-ce que notre Mozart de la carte à puce est en train de nous inventer ? se moque souvent mon père en me voyant préoccupé par mes projets.

Je râle pour le principe, même si au fond ça me flatte...

Je me suis aménagé au sous-sol un véritable atelier où je dresse mes plans et construis mes prototypes.

J'ai à mon actif des réussites incontestables. Avec le déclencheur universel d'alarme pour les voitures, réalisé à partir d'anciennes télécommandes, je peux mettre en effervescence une rue entière sur un simple clic. J'ai sauvé notre jardin d'une invasion de taupes en enfouissant autour du terrain de minuscules vibrateurs commandés électroniquement. Ils se déclenchent dès qu'ils détectent la présence des bestioles et elles vont voir ailleurs.

Mais c'est l'informatique qui m'excite le plus. En ce moment, je travaille sur un programme conçu à partir d'une tablette graphique récupérée par mon père à l'usine. Déjà un mois d'efforts pour tenter de créer ce qui sera à coup sûr le clou de ma collection : un stylo correcteur d'orthographe... Connecté sans fil à l'ordinateur, il transmettra fidèlement mes gribouillis sur l'écran tout en affichant mes fautes. Et c'en sera fini de ma réputation de délinquant orthographique.

Aujourd'hui, j'ai prévu d'effectuer des essais d'écriture.

Je m'installe devant ma table de travail au milieu de carcasses de vieux ordinateurs quand la sonnerie de l'entrée se déclenche. Ma première intention est d'ignorer l'appel mais la sonnerie retentit de nouveau, insistante.

Je me résous à aller ouvrir.

Un grand type maigre d'une quarantaine d'années se tient sur le pas de la porte. Il est habillé tout en noir, costume de toile et chemise boutonnée jusqu'au col. Il a le cheveu rare compensé par un collier de barbe taillé comme une figure de géométrie. Il me sourit en plissant les yeux, ce qui lui donne un air vaguement asiatique.

– Bonjour, jeune homme ! Est-ce que ton père est là ?

Il parle lentement, d'une voix légèrement éraillée.

– Mon père ? je réponds machinalement, fasciné par l'énorme bague ornée d'un brillant qu'il porte à son annulaire droit et qu'il fait tourner avec les doigts de l'autre main.

Je ne peux m'empêcher de me demander si c'est un vrai diamant, tout comme je m'interroge sur l'authenticité de la montre qui rutile à son poignet.

– Rodrigo Rodriguez ! Il habite bien ici, non ?

Le ton est pressant. Je me sens devenir méfiant. Un mec vêtu comme un croque-mort, qui exhibe ses bijoux tel un paon ses plumes de derrière, n'est sûrement pas un intime de mes parents. D'ailleurs, il se trompe. Mon père se prénomme Robert et non Rodrigo. Persuadé de bien faire, je lance :

– Vous vous trompez d'adresse… Je ne connais pas de Rodrigo Rodriguez.

Il paraît contrarié. Il me regarde en inclinant légèrement la tête. Je me fabrique un air aimable et lui adresse un « Au revoir, monsieur ! » qui claque presque aussi fort que la porte que je ferme sous son nez. Je ne suis pas mécontent de mon effet.

Mais le type ne se satisfait pas de ma réponse. C'est en frappant sur la porte que, cette fois, il me sollicite.

– Encore une seule chose, jeune homme, et je te laisse, explique-t-il d'une voix plus ferme.

J'hésite. Les coups reprennent, impatients. Si je veux me débarrasser de lui, il vaut mieux céder. J'entrouvre.

Il a retrouvé son sourire oriental et parle sur un ton doucereux :

– Au cas où tu croiserais Rodrigo Rodriguez, tu lui transmettras le bonjour de la Caille. Je te laisse mon numéro de téléphone. Tu lui diras de m'appeler. Nous avons à discuter.

– Mais je vous assure que…

Je n'ai pas le temps de poursuivre. Il force la porte tout en sortant un stylo de sa poche intérieure. Dans la marge de *L'Éclaireur* de ce matin que j'ai reposé sur le guéridon du couloir, il griffonne d'un trait nerveux son numéro de portable. Puis il me fait face, le regard entendu.

– Tu transmets, hein ?

Il pose son index sur mon front en exerçant une légère pression, version démonstrative de la formule : « Mets-toi bien ça dans le crâne ! »

Ses lèvres, de nouveau soudées, ne sourient plus. Il n'a pas élevé la voix mais la violence sourde qui se dégage de lui me glace. Son doigt me quitte enfin pour gagner sa tempe en manière de salut. Il part sans ajouter un mot. Je le regarde s'éloigner d'un pas pressé. J'ai le cœur en surrégime et les jambes en coton.

Je retourne au sous-sol mais je ne parviens pas à me concentrer.

Je ne peux pas m'empêcher de penser que ce déplaisant personnage ne se trompait peut-être pas de Rodriguez. Et tout cela parce que je ne sais rien du passé de mon père. Rien sur son enfance, rien sur sa famille, rien sur ce qu'il faisait quand il était jeune.

Chaque fois que j'aborde la question, il se dérobe, déclarant qu'il a tiré un trait sur la première partie de sa vie, c'est-à-dire celle qui a précédé son mariage.

Ma mère n'est pas plus bavarde. Mes grands-parents maternels jouent les ignorants. Ce que je connais de lui se limite donc à ce que j'ai glané sur quelques documents administratifs. Autrement dit rien ! Je dois donc me contenter d'un père auquel il manque des morceaux.

Je m'énerve. La tablette graphique ne répond pas à mes essais d'écriture. Je perds mon temps et je n'aime pas ça.

Quand ma mère rentre, en fin d'après-midi, je me précipite pour lui raconter la visite. Elle écoute mon récit en silence. Je la sens décontenancée. Elle essaie de prendre un air dégagé mais sa voix sonne faux :

– Tu dis qu'il a demandé à voir Rodrigo Rodriguez ?

– Il a prononcé ce nom au moins deux fois. Il a dit qu'il s'appelait la Caille… C'est sûrement un surnom. Tu vois qui ça peut être ? Quelqu'un de la famille de papa ?

– Tu sais bien que je ne connais pas les Rodriguez et que ton père a coupé les ponts avec eux depuis très longtemps !

– Peut-être que le type a confondu. Des Rodriguez, il y en a plein l'annuaire !

– C'est sûrement ça ! réplique-t-elle sans conviction.

J'ose poser la mauvaise question :

– Tu crois que ce type connaissait papa *avant* ?

– Ne raconte pas n'importe quoi ! assène-t-elle avec une brutalité qui m'ôte l'envie de poursuivre.

Je file dans ma chambre en bougonnant qu'après tout j'ai des choses autrement plus importantes à faire que de me prendre la tête avec les histoires de famille. Je me connecte à Internet. Il faut que je trouve sur un forum spécialisé un expert qui m'éclairera sur les finesses de la reconnaissance d'écriture.

Je lance mes SOS au moment où une alerte sonore m'annonce l'arrivée d'un message. Encore un envoi sans mention d'expéditeur et dont l'objet se résume à trois énigmatiques points de suspension.

Le lecteur d'images, comme hier, finit par s'ouvrir. Et, comme hier, l'ordinateur mouline pour réceptionner le mail. Je râle après ce correspondant inconnu qui va bloquer ma messagerie pendant un temps fou. Qu'est-ce qu'il propose aujourd'hui ? Je décide de laisser l'ordinateur à son travail pour m'atteler à une série d'exercices de maths que je dois rendre demain matin et que j'ai trop longtemps négligés.

Je jette un regard sur l'écran juste avant de descendre dîner. Déception ! Si j'en juge par la configuration générale du document, j'ai sous les yeux la première page d'un nouvel exemplaire de *L'Éclaireur du Centre*. Mais, cette fois, rien n'est lisible hormis le grand titre en rouge ; textes et images sont un magma quasi indéchiffrable.

Mon correspondant est peut-être doué pour trouver avant tout le monde des exemplaires du quotidien local, il lui reste des progrès à faire pour les transmettre ! Et je ne sais toujours pas ce qu'il me veut. Il faut que j'essaie de le localiser...

Je recherche les propriétés du message.

Nouvelle surprise.

Au lieu des infos habituelles, je n'obtiens qu'une longue chaîne de caractères qui ne signifient strictement rien. Décontenancé, je vérifie les propriétés du message d'hier. Même constat.

Il me reste à essayer de communiquer à mon tour avec cet internaute inconnu. Espérant que mon serveur saura remonter jusqu'à lui, je tape à son intention une brève réponse : « Vos documents sont illisibles. Pourquoi me les envoyer ? » Le gestionnaire de courrier m'affiche presque instantanément : « Erreur de serveur, impossibilité d'envoyer le message. »

Ça se complique sérieusement !

Il y a quelque part un type assez malin en informatique pour dissimuler la source de ses messages, performance que je croyais impossible, mais incapable d'utiliser correctement un scanner ou un logiciel de traitement d'images. Et pourquoi se donne-t-il autant de mal pour m'envoyer un document aussi banal que la première page d'un journal ?

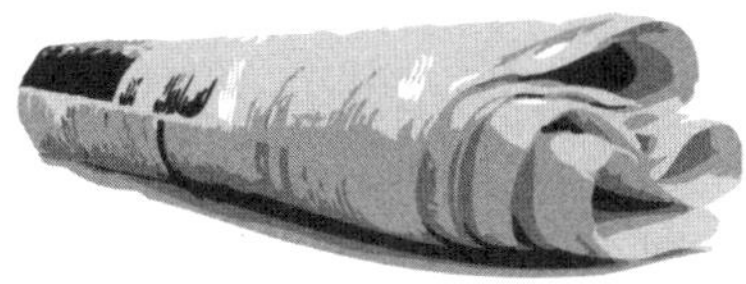

DÉRAILLEMENT

Le courrier n'est pas encore arrivé quand je pars pour le collège. Je décide de passer devant la librairie du père Berthier pour profiter de son présentoir à journaux installé sur le trottoir.

La pile de *L'Éclaireur* du matin est en place. Je saisis discrètement un exemplaire afin d'y jeter un coup d'œil. La première page paraît conforme à celle que j'ai reçue sur mon écran hier soir. Je détaille le contenu. On n'y parle pas de l'enquête sur la mort de Ludo.

Il n'y a qu'une seule information locale, rapidement traitée en bas de page, relatant un acte de vandalisme commis à Souvigny. Dans la soirée, des employés du chemin de fer ont découvert une traverse en bois posée sur les rails, juste à l'entrée du viaduc.

L'article explique que les conséquences auraient pu être dramatiques, les agents de la SNCF n'ayant dégagé la voie que peu de temps avant le passage du rapide de 20 h 47.

Le père Berthier a dû remarquer mon intérêt pour l'événement. Il s'est approché à mon insu.

– Des jeunes crapules qui ne respectent rien ! commente-t-il par-dessus mon épaule d'une voix rocailleuse.

Je sursaute. Je bredouille quelques mots d'excuse en essayant de replacer au mieux le journal sur le présentoir. Il poursuit d'un ton agressif, sans se soucier de mes efforts de rangement :

– Tu sais quoi, petit ? Je vois un de ces loubards, je le prends, je le ficelle et je me l'allonge moi-même de mes mains personnelles sur les rails !

Je regarde ses mains épaisses. Pourquoi il me dit ça ?

Son coup de gueule a attiré l'attention. Une dame âgée, un filet à provisions à la main, s'est approchée. Elle me considère d'un œil suspicieux.

– Des ennuis, monsieur Berthier ?

D'autres passants viennent s'intéresser à la scène. Je panique à l'idée de me retrouver sous un feu croisé d'accusations.

– Tu ne devrais pas être à l'école à cette heure-ci ? finit par lancer le commerçant.

J'acquiesce vigoureusement de la tête et je m'éloigne en me retenant de courir.

Durant toute la journée, je ne peux oublier le sentiment de malaise que m'a causé l'épisode avec le libraire. En revenant du collège, je me confie à Alexandre :

– Tu te rends compte ? Le père Berthier me soupçonnait presque d'avoir fait le coup du chemin de fer !

– Mais non ! Il râlait parce que tu avais pris son journal !

– Pas du tout ! Le journal, il n'en avait rien à faire... Je t'assure, il se passe de drôles de choses en ce moment ! Hier, un type carrément louche est venu sonner à ma porte et puis je reçois des mails bizarres !

– Eh, tu ne deviendrais pas parano, des fois ?

Alexandre ne fait aucun effort pour s'intéresser à mes problèmes... Je laisse tomber. En arrivant devant chez lui, je n'ose pas lui faire remarquer la voiture blanche en stationnement de l'autre côté de la rue, un peu plus loin. C'est-à-dire en face de chez moi.

En temps normal, je n'y aurais rien trouvé d'extraordinaire. Mais là, un signal intérieur se déclenche que je traduis par : « Danger ! » Une bouffée d'angoisse me saisit à l'idée de rentrer seul à la maison.

– Tu m'accompagnes ? je propose à Alex d'une voix enrouée. Ma mère a fait le plein de cônes glacés.

À mon grand soulagement, il accepte. Au passage, j'examine le véhicule. C'est une Volkswagen. Elle est immatriculée dans le 92. J'essaie de mettre de l'ordre dans mes idées. Et Alex qui n'a rien remarqué ! Le conducteur est au volant. Je me penche un peu, jette un regard sur lui.

J'avais beau m'y attendre, je n'en ressens pas moins un coup au cœur. C'est le barbu qui est venu hier à la maison !

Ce type qui voulait rencontrer mon père, qui s'est amusé à me flanquer la trouille et qui maintenant fait le guet devant ma maison, n'a sûrement pas des intentions honnêtes... Et autre chose me taraude. L'idée a surgi quand j'ai aperçu la voiture. Une idée folle que pourtant je ne parviens pas à chasser : il n'y a rien qui ressemble autant à une Audi blanche du 92 qu'une VW de même couleur et venant du même département !

– T'es sûr que le type dans la voiturc, c'est ton visiteur d'hier ? lance Alexandre après un nouveau passage derrière la fenêtre du salon d'où l'on distingue très bien la Volkswagen en stationnement.

– J'en suis certain. Il cherche quelqu'un du nom de Rodrigo Rodriguez et il est persuadé que c'est mon père.

– En tout cas, tu ne me feras pas avaler que c'est lui qui a renversé Ludo...

– Et l'immatriculation ? Et la couleur ? Et la marque ?

– On peut confondre.

Alexandre secoue la tête en me fixant, la mine navrée :

– Comment tu peux penser qu'un chauffard en fuite viendrait se balader le lendemain dans le secteur où il a écrasé quelqu'un ? Et dans sa bagnole, en plus ?

– On dit bien que les meurtriers retournent sur le lieu de leur crime !

– Parles-en à mon père, il te répondra que ça n'a jamais été vérifié !

Je proteste mollement. Il poursuit avec assurance :

– C'est comme ce journal que tu dis recevoir par mail avant tout le monde... Tu dérailles en ce moment, Max. Sors un peu de ta cave !

– Mais non, je ne déraille pas ! Viens voir mon ordi si tu ne me crois pas !

Je parviens à l'amener dans ma chambre après avoir récupéré au passage le journal dans le couloir. Il affiche une mine boudeuse pendant que je lance l'ordinateur. Il regarde l'écran d'un œil mort alors que j'ouvre les unes de *L'Éclaireur du Centre*. Il écoute distraitement mes explications.

– Regarde, ici c'est la page que j'ai reçue avant-hier soir. Et là, c'est celle que j'ai récupérée hier. Elle est arrivée complètement ravagée mais on repère l'emplacement des articles et des photos… Tu regardes, oui ou non ?

Je déplie l'original sous son nez pour souligner les concordances. Je lui propose même les sorties d'imprimante que j'ai faites pour que la comparaison soit plus facile. Il se réveille en découvrant l'affaire du chemin de fer. Il lit *L'Éclaireur* en silence. Enfin il relève la tête et me fixe d'un air interrogateur.

– Quand est-ce que tu as reçu la copie du journal ?

– Ben, hier soir !

– Oui, mais à quelle heure ?

– 20 h 03… Tu peux vérifier, c'est noté dans la boîte de réception.

Alexandre part d'un grand rire déconcertant.

– Oh, le malin ! Dis-moi, tu comptais me balader combien de temps avec ton scénario ? Allez, je ne t'en veux pas… C'était presque bien joué.

– Mais qu'est-ce que tu racontes ?

– Je dis que ton histoire ne tient pas debout ! Tu racontes que tu as reçu la copie du journal à 20 h 03. Lis : les gars du chemin de fer sont intervenus pour dégager les rails juste avant le passage du train de 20 h 27... À 20 h 03, l'article ne pouvait pas avoir été écrit ! La prochaine fois que tu voudras monter un bobard en bricolant l'horloge de ton ordinateur, faudra respecter les horaires !

Je regarde Alexandre, le journal, la reproduction affichée sur l'écran et sa copie sur papier. Je reste sans voix.

ÉDITION SPÉCIALE

Je n'ai pas essayé de convaincre Alexandre que je n'avais pas monté de canular. Je n'ai pas envie de me faire traiter de fou. Qui croirait qu'on peut avoir connaissance d'un événement *avant* qu'il se produise ?

Je me suis tordu la cervelle pour trouver une réponse.

Celle qui m'est venue n'est pas géniale mais elle a le mérite de mettre de la logique dans une situation qui en manque singulièrement. Et si la page de *L'Éclaireur* que j'ai reçue hier soir était fausse ?

Elle aurait été composée à partir d'un brouillon de la vraie une récupérée au siège du journal. Ou sur son site Internet.

Ainsi s'expliquerait la très mauvaise qualité du document : l'expéditeur masquerait les articles manquants en proposant des écrits illisibles.

Je me connecte sur le site de *L'Éclaireur du Centre*. La une est différente de la version papier. Elle n'a pas été utilisée. En plus, les articles étant horodatés, je constate que le journal sur Internet a été bouclé après que j'ai reçu le mail. Pour que mon correspondant puisse réaliser son montage, il a fallu qu'il ait accès à l'article bien avant. Techniquement, un hacker un peu malin peut entrer dans le système informatique d'une entreprise et y voler des documents.

Quant à comprendre les raisons qui le pousseraient à pirater les ordinateurs de *L'Éclaireur*, à bricoler un journal puis à me l'envoyer, je sèche.

Je sors tôt du collège le vendredi après-midi et j'en profite pour rendre visite au correspondant local de *L'Éclaireur du Centre*. Je l'ai déjà rencontré.

L'année dernière, le soir du 14 juillet, il m'a interviewé quand j'ai gagné le concours de lanternes avec mon canon à images vidéo sur écran cylindrique. Il a même publié une photo de moi dans son journal.

C'est sans doute ce qui me vaut d'être reconnu quand je frappe à la porte entrouverte de son bureau.

– Tiens, voilà notre graine de génie ! Tu viens me parler de tes dernières inventions ?

Avec ses cheveux en bataille et sa barbe de trois jours, sa chemise écossaise aux manches retroussées, Vincent Belleville a un look de baroudeur prêt à bondir sur le scoop. Il m'intimide un peu.

– Euh… En fait je voudrais savoir comment les articles partent d'ici pour aller jusqu'au journal… Et ce qu'ils deviennent avant d'être imprimés.

Il délaisse son clavier d'ordinateur et fait pivoter sa chaise face à moi.

– C'est pour le collège ?

Il se demande visiblement s'il va accepter de perdre du temps avec moi.

– Oui, c'est ça… je bafouille. Je prépare un exposé… En éducation civique, avec madame Jolibois, ma prof d'histoire…

Je poursuis comme je peux ma justification :

– On s'interroge sur la manière dont circule l'information.

– Vous travaillez sur le circuit de l'information ? Eh bien, elle met la barre haut, ta prof ! Et qu'est-ce que tu veux savoir exactement ?

– Euh… Si vous avez connaissance d'un fait qui s'est passé à Souvigny, comment vous procédez ? Vous interrogez les témoins ? Vous écrivez l'article ou vous envoyez juste vos notes au journal et c'est quelqu'un d'autre qui l'écrit ?

C'est vous qui décidez de l'emplacement où il sera imprimé ?

– Holà, ça fait beaucoup de questions à la fois !

– Par exemple, avec l'affaire du chemin de fer, comment ça s'est passé ?

Vincent Belleville fait le choix de la bienveillance et répond patiemment à mes questions. Hier soir, à 20 h 15 précises, le bureau central de *L'Éclaireur du Centre*, situé à Orléans, a reçu un coup de téléphone d'un inconnu annonçant qu'un sabotage avait été commis à Souvigny sur la ligne de chemin de fer. Le secrétariat du journal lui a aussitôt transmis l'information afin qu'il enquête.

Il a pris contact avec la gendarmerie qui lui a confirmé la découverte par un agent de la SNCF d'une traverse en bois posée sur les rails. Il a alors appelé à Orléans le rédacteur en chef qui a décidé de lui réserver deux mille signes en première page dans l'édition en cours. Il a donc rédigé rapidement son papier avant de le transmettre vers 21 h 30.

Je quitte le bureau de Vincent Belleville avec un certain nombre de convictions. La première, c'est qu'il est plutôt sympa. La deuxième, c'est qu'un seul et même individu a pu saboter la voie de chemin de fer et détourner la une de *L'Éclaireur*.

À 20 h 03, il m'a expédié son document et, à 20 h 15, il a passé un coup de fil au journal, présumant que l'information paraîtrait ainsi dans l'édition du lendemain.

Ce qui me met le moral en miettes, c'est que je vois se multiplier autour de moi des faits inquiétants. La mort de Ludo, un type patibulaire qui rôde autour de la maison, le libraire qui me suspecte dans l'affaire du chemin de fer, un inconnu qui m'envoie des mails incroyables... Comme des avertissements. Pourquoi ?

Je sonne chez Alexandre. C'est sa mère qui ouvre. Elle a un froncement de sourcils en me regardant. Je dois avoir mauvaise mine.

– Ça va Maxime ?

– Oui oui, merci... Alex est là ?

– Mais non... Tu sais bien que le vendredi il a son cours de trompette. Faut qu'il répète. C'est demain le grand jour !

– C'est vrai qu'il prépare son numéro pour le gala de l'école de musique, j'avais oublié ! Mais, en fait, c'est monsieur Ventura que je voulais voir. Il est rentré ?

Elle s'étonne :

– Euh, oui... Il y a un quart d'heure. Il est en train de prendre sa douche.

– Je peux l'attendre ?

– Mais bien sûr, entre ! Assieds-toi, il ne va pas tarder à descendre.

Je m'installe dans le salon. Mme Ventura a la passion des fleurs. Elle en a partout, des vraies et des fausses, en bouquets dans des vases, sous forme de tableaux, sur le papier mural, les tentures des fenêtres, le tissu des fauteuils. Dans ce décor de printemps perpétuel, je m'apaise un peu.

Je fais le point. Mon premier mouvement a été de courir à la gendarmerie pour expliquer ce qui m'arrive. Et puis, conscient des fragilités de mon histoire, j'ai choisi de m'adresser au père d'Alexandre. En tant que chef de la police municipale, il doit avoir l'habitude de traiter d'affaires peu ordinaires. Mais surtout, il me connaît. Il m'écoutera... Il saura ce qu'il faut faire.

M. Ventura effectivement m'écoute, bien calé dans son fauteuil, sans que son visage rond traduise la moindre émotion. Quand j'ai fini, il se penche en avant et pose sa main sur mon bras dans un geste protecteur.

– Maxime, je vais te parler franchement. Je sais que tu as la tête sur les épaules et que tu peux comprendre. Il y a des moments dans la vie où rien ne tourne comme on le voudrait. Un coup de déprime, on ne sait pas forcément pourquoi… Dans ces cas-là, on a de drôles d'idées… On croit que le monde entier file de travers et on en arrive à imaginer des choses qui n'existent pas !

Je suis interloqué :

– Vous pensez que j'ai inventé ce que je vous ai raconté ?

M. Ventura, avec la même autorité calme, continue à m'enterrer sous des arguments puisés au plus profond de son expérience de redresseur de coups tordus. Il est convaincant, notamment quand il évoque le choc qu'a pu me causer la mort de Ludo.

Au fur et à mesure qu'il développe ses arguments, je m'enfonce au creux de la banquette, les yeux perdus dans le décor floral qui semble se faner lentement.

Peut-être a-t-il raison après tout. Peut-être suis-je en train de disjoncter…

– Arrête de t'inquiéter et essaie de te détendre… conclut-il. Et n'hésite pas à venir me voir de nouveau si tu en sens le besoin !

Il me reconduit à sa porte en m'assurant de sa sympathie et me serre longuement la main d'un air navré. Je me vois dans la peau d'un patient à qui le médecin vient d'annoncer que sa convalescence sera très longue.

Après cette séance, évidemment, je renonce à raconter mon histoire à ma mère. Je ne sais même pas si j'oserai en parler à mon père à son retour.

J'ai besoin de penser à autre chose. Les circonstances devraient m'aider : il n'y a aucune voiture blanche stationnée près de la maison et ma messagerie ce soir reste sage.

REQUIEM ET DIXIELAND

Je n'ai jamais assisté à un enterrement. Cependant, j'ai décidé d'aller aux obsèques de Ludo. Ma mère, avec un sourire compréhensif, a proposé de m'y accompagner. Cela m'a soulagé.

Il n'y a pas beaucoup de monde dans l'église Saint-Victor et ça me contrarie. Nous étions pourtant nombreux à connaître Ludo. Mon irritation laisse vite la place à un sentiment de culpabilité. En effet, ni les paroles touchantes du curé ni les chants enregistrés qui s'épanouissent sous les voûtes ne parviennent à capter mon attention. Si je suis distrait, c'est à cause d'une espèce de picotement dans la nuque. J'ai l'impression d'être observé, mais j'ai beau me retourner fréquemment, parfois de manière brutale, je ne remarque rien d'anormal.

– Qu'est-ce que tu as à t'agiter comme ça ? finit par protester ma mère à mi-voix. Ce n'est pas l'endroit.

J'en conviens mais cela ne met pas fin aux petits coups de bec qui continuent de me picorer le cou. Et puis je l'aperçois enfin. À demi dissimulé derrière un pilier, un grand type aux cheveux poivre et sel, vêtu d'un imperméable clair, scrute l'assistance. Son regard m'effleure. Apparemment, il ne me prête pas attention. Toutefois je ne peux pas m'empêcher de penser que je l'intéresse. Serait-il un complice de l'homme à la Volkswagen ?

Lorsque nous sortons de l'église, je le perds de vue. Je me sens néanmoins trop perturbé pour accompagner le convoi jusqu'au cimetière. Je persuade ma mère qu'il vaut mieux que nous rentrions et je m'enferme dans mon atelier. Les problèmes que pose la mise au point de mon stylo m'occupent l'esprit pour le reste de l'après-midi.

Ma mère descend prendre de mes nouvelles avant le dîner :

– Tu ne dois pas assister au concert d'Alexandre ce soir ?

– Mais oui, c'est vrai ! je m'exclame. Ça commence à huit heures, il faut que je me dépêche !

J'avale un sandwich et je file.

J'ai promis à Alex d'aller l'écouter durant le concert que donne l'école de musiquc de Souvigny. Ses parents sont absents ce soir et il a besoin d'être soutenu. C'est sa quatrième annéc de trompette et son prof, paraît-il, lui promet un bel avenir. Il tentera le concours d'entrée au Conservatoire l'année prochaine.

J'arrive in extremis à la grande halle. Maud piétine devant le guichet, l'air furieux.

– Cela fait vingt minutes que je t'attends ! On va être mal placés.

– Excuse-moi, j'ai pas vu l'heure, je réponds, encore essoufflé.

Maud est la copine d'Alexandre. Elle a accepté de venir à la soirée à condition de ne pas se trouver seule. Alex m'a convaincu de lui tenir compagnie pendant qu'il serait sur scène.

Il reste des places libres au fond. Nous nous installons alors que le rideau s'ouvre. Commence le défilé des débutants qui, par groupes, jouent sous le regard ému des familles.

Je ne connais pas grand-chose à la musique mais j'ai l'oreille suffisamment sensible pour constater que l'harmonie n'est pas toujours au rendez-vous. Je me penche vers Maud :

– Je comprends maintenant ce que veut dire « exécuter » un morceau.

Elle a un petit rire qui me fait du bien. Je me cale dans mon fauteuil. Je me sens presque détendu.

Certains spectateurs, installés derrière nous, semblent trouver le temps long. Ils l'expriment par des ricanements et des bâillements sonores qui deviennent vite insupportables. Je me retourne. Ce sont trois ados. J'en reconnais un que j'ai déjà croisé à la sortie du collège. Du public fusent des « chut ! » insistants qui les calment un moment.

Arrivent enfin Alexandre et son groupe. Ils portent des vestes à larges rayures et des canotiers qui déchaînent les moqueries des trois types de derrière. Aux côtés d'Alex s'installent le batteur, un joueur de trombone, un clarinettiste, un contrebassiste et un dernier musicien qui tient en bandoulière une drôle de guitare ronde.

– C'est un banjo ! précise Maud. Ils sont en formation pour jouer du dixieland.

– Du dixieland ? C'est quoi ?

– Ben, du jazz New Orleans ! répond-elle sur le ton de l'évidence.

– Tu as l'air de t'y connaître en musique.

– Je fais du piano depuis l'âge de quatre ans...

Nous sommes interrompus par Alexandre qui s'avance sur le devant de la scène et annonce :

– Nous allons vous interpréter *Muskrat ramble* de Louis Armstrong.

Puis il se tourne vers les autres musiciens :

– One ! Two ! One, two, three, four !

La musique démarre et là, je suis bluffé. Le groupe interprète le morceau de jazz avec brio. Alex fait admirer sa virtuosité et tire de sa trompette des sonorités éclatantes. Même Maud est impressionnée.

– C'est bien, hein ? lance-t-elle.

– Des vrais pros ! je réponds, enthousiaste.

La salle s'anime, agitée par les discrets balancements des corps qui réagissent au rythme de la musique. Et voilà qu'au milieu du morceau, les types derrière nous se manifestent de nouveau. Ils sifflent, ils rient, ils s'encouragent dans leurs débordements. Ils sabotent le concert.

Je me retourne avec une grimace excédée. Ils s'en moquent comme de leurs premières Converse. Je sens monter une colère qui vite me submerge. Je me vois me lever, leur faire face.

– Vous ne pourriez pas la fermer ? je crie.

Pour couvrir à la fois la musique et le chahut des perturbateurs, j'ai dû vraiment forcer le ton. Ce que je comprends au silence qui tombe sur la salle, musiciens compris.

– C'est vrai, quoi, ils sont énervants ! je glisse à Maud qui me considère avec surprise. Et en ce moment, je suis hyper-réactif.

Au moins, j'ai réussi à faire taire les trois types. Ils me lancent des regards haineux. Ils se concertent à voix basse et quittent la salle brutalement en dérangeant sans ménagement les spectateurs de leur rangée.

J'ai baissé le nez, attendant que le faisceau des regards braqués sur moi se dissipe. Alex a relancé son groupe et la musique reprend. Je refais surface un peu plus tard et récupère avec soulagement mon anonymat. Même Maud m'ignore.

Et voilà que, brusquement, je ressens dans mon cou une sensation connue, cette légère brûlure qui m'avait tant agacé à l'église. Coup d'œil circulaire. Mon cœur fait un bond. Près de la porte de sortie, l'homme est adossé au mur. Il a préféré rester debout bien qu'il y ait des chaises libres à proximité. Comme il a gardé son imperméable, je le reconnais tout de suite. C'est lui qui était à l'enterrement de Ludo. Je renoue avec Maud :

– Tu connais l'homme au fond de la salle ?

Elle tourne la tête.

– Ben non. Pourquoi ?

– J'ai l'impression qu'il nous observe.

Elle s'étonne :

– Mais pas du tout ! Il s'intéresse plutôt à ce qui se passe dehors.

Effectivement, son regard s'est vissé sur le hublot de la porte.

Quand les applaudissements qui accompagnent la fin du morceau se déclenchent, l'homme se précipite vers la sortie.

– T'as vu ? Il est parti... je constate un peu bêtement.

Un doigt sur les lèvres, elle me fait signe de me taire. À la demande du public, les musiciens rejouent leur morceau, accompagnés cette fois par les spectateurs qui battent la mesure avec les mains. Un triomphe !

Nous retrouvons Alexandre dans la cohue de la sortie.

– Dis donc, quelle autorité ! me lance-t-il. Tu joues le pion rudement bien !

Puis il se laisse happer par ses admirateurs. Les compliments pleuvent. Maud s'accroche à lui, ravie de s'afficher avec la vedette de la soirée. J'attends dans un coin en me faisant petit afin d'éviter qu'on reconnaisse celui qui a interrompu le concert. Alex s'attarde jusqu'à l'ultime « Bravo ! » du dernier spectateur puis il propose :

– On raccompagne Maud chez elle ?

Je ne peux rien lui refuser ce soir. Une averse, sans doute violente si l'on en juge par les flaques qui constellent la rue, s'est abattue durant le spectacle mais le ciel est désormais lavé et la lune sourit au-dessus de nos têtes. Nous avançons sur la chaussée luisante au rythme des commentaires enthousiastes d'Alexandre sur son concert. Sa voix résonne dans le labyrinthe des ruelles qui conduisent vers la place de la Mairie où habite

Maud. Nous ne percevons que tardivement les pas de plusieurs personnes derrière nous. D'un même mouvement, nous nous retournons.

– Il ne manquait plus que ça ! je m'exclame, tandis que Maud se serre contre Alex.

– C'est qui ces trois types ? demande Alexandre d'une voix peu rassurée.

– Ceux qui ont fichu le bazar pendant que tu jouais ! j'explique. Ils ont dû guetter ma sortie.

Nous accélérons mais le bruit des pas dans notre dos se rapproche.

– Qu'est-ce qu'ils veulent ? s'inquiète Maud.

– Ils ne nous feront rien ! assure Alex en brandissant l'étui de sa trompette comme si c'était l'arme fatale.

– Tu parles ! je fais, inquiet. Je crois bien que ça va être ma fête.

– On fonce jusque chez Maud, propose Alexandre. On n'est plus très loin !

Maud proteste :

– Mais je ne peux pas courir avec des semelles compensées !

Coup d'œil sur ses chaussures. Je n'avais pas remarqué qu'elle était juchée sur de telles échasses. Je me retourne. Ils sont à une dizaine de mètres, sous un lampadaire qui découpe leurs silhouettes dans un inquiétant tableau d'ombres et de lumières.

– N'approchez pas ! avertit Alex en dressant son étui devant lui.

Je perçois des ricanements. Ils approchent, bien au contraire !

– Alors, on fait moins le fier maintenant ! me lance l'un d'eux d'une voix traînante.

Je cherche à parlementer :

– On ne veut pas se battre. On peut s'expliquer, non ?

– C'est pas toi qui vas décider, minus ! rétorque l'autre. On est là pour te faire ravaler tes paroles et c'est tout !

Je vois Alex lever son instrument.

Il irait jusqu'à risquer sa trompette pour me défendre.

Je m'apprête à lui dire de renoncer quand une ombre se profile au bout de la rue. Mon intérêt pour ce qui se passe dans leur dos incite nos interlocuteurs à se retourner. Un homme de grande taille regarde vers nous. Gênés par le contre-jour, nous ne distinguons pas ses traits, mais son imperméable de couleur claire m'a permis de l'identifier. Au geste qu'il fait, il me semble qu'il téléphone.

L'apparition du personnage, sa haute stature, son assurance tranquille, impressionnent les trois fiers-à-bras autant que nous. Après un bref conciliabule, ils décident une nouvelle fois de se dérober.

Ils s'élancent vers une ruelle adjacente, prenant juste le temps de m'adresser quelques gestes obscènes.

Au bout de la rue, l'homme en imperméable a disparu. Je considère mes compagnons avec soulagement.

– J'ai plus de jambes ! constate Alex.

– Je ne peux pas te dépanner... Les miennes aussi ont fondu !

Maud ne commente pas. Elle se mord les lèvres pour contenir son émotion.

– On a eu de la chance, poursuit Alex. Tu te rends compte, un promeneur dans ce coin désert à plus de onze heures ! Au fait, qu'est-ce qu'il est devenu ?

– J'ai l'impression qu'aujourd'hui un ange gardien veille sur moi. La plupart du temps, il reste invisible mais parfois il se montre. Il fait ce qu'il a à faire puis... pfuit !... il disparaît.

Alexandre et Maud me fixent avec un regard étonné, attendant peut-être d'autres explications.

– Tu es sûr que tu vas bien ? s'inquiète Alex au bout d'un moment.

RENCONTRE EXPLOSIVE

Dimanche sans attrait, passé en grande partie à réviser le brevet blanc qui se déroulera la semaine prochaine. Le seul loisir que je m'accorde, c'est le spectacle de la pluie qui larmoie sur les vitres depuis le matin, ce qui ne fait rien pour raccommoder un moral de nouveau en guenilles. Ma mère, qui affronte la correction d'un paquet de ses copies de terminale, n'est pas de meilleure humeur. Elle m'a averti :

– Je m'enferme dans mon bureau jusqu'à ce que j'aie fini. Fais-toi à manger si tu as faim, il y a de la salade de lentilles dans le réfrigérateur...

En fin d'après-midi, je décide d'aller chatter sur le Net. Vers sept heures, la messagerie m'annonce la réception d'un nouveau mail.

Trois points alignés me sautent au visage comme l'amorce d'une menace. Dire que je croyais être débarrassé de ce type de message ! Je vois avec appréhension se lancer le programme de lecture d'images.

Dix minutes plus tard, je commence à déchiffrer la une de *L'Éclaireur du Centre* de demain. Les gros titres prennent forme peu à peu mais, une fois de plus, il m'est impossible de lire les articles. Visite du président des États-Unis en France, météorologie détraquée, défaite du leader du championnat de France de football... Je me dis que mon bricoleur de l'info a le pronostic hasardeux en annonçant la victoire du dernier du classement face à la meilleure équipe du moment. Et par quatre buts à zéro en plus !

Un fait divers occupe le bas de page. Les caractères du titre s'alignent, de plus en plus lisibles. Je décrypte. Je bondis.

« Souvigny : un incendie ravage la maison des Espingliers, faisant une victime. » La photo qui accompagne l'article est floue mais j'y découvre quand même un amoncellement de gravats encore fumants.

Sans réfléchir, je me précipite hors de la chambre. Ma mère, alertée par mon rush, me hèle de son bureau pour me demander ce qui se passe.

– Je reviens ! je hurle en dévalant l'escalier.

Je suis dans la rue et je cours en direction du centre-ville. La maison des Espingliers est l'une des curiosités de Souvigny. C'est un bâtiment du Moyen Âge à colombages. Je connais l'actuel occupant, M. Romesco, notre médecin de famille. Mes pensées galopent aussi vite que moi. Un mort ! J'ai gardé quelquefois les enfants de la maison, Gabriel et Aline. J'accélère encore. L'image des ruines me revient sans cesse à l'esprit. Mourir dans des flammes, l'horreur !

Je débouche bientôt place des Espingliers. Elle est déserte. Je me fige, décontenancé.

La maison est là, intacte, dressant son élégante carcasse en pans de bois entrelardés de briques orangées.

Les petites figurines sculptées qui ornent le haut des poteaux me regardent avec des airs malicieux.

Penché en avant, les mains sur les genoux, je reprends mon souffle. Tout est calme. J'essaie de retrouver des idées claires.

Que peut bien signifier ce message annonçant un incendie imaginaire ? Et que me veut l'expéditeur ? M. Ventura peut avancer des théories sur mon imagination détraquée, le mail est bien réel. Et si, comme pour le sabotage de la ligne de chemin de fer, l'article de *L'Éclaireur* ne faisait qu'anticiper ce qui allait arriver ? Cela signifierait que la maison a été piégée et que je serais chargé d'intervenir afin d'éviter le pire. L'hypothèse est complètement folle. Je ne parviens pourtant pas à l'écarter.

Je tourne en rond devant la porte d'entrée. Comment expliquer au docteur Romesco que sa maison va peut-être brûler ?

Je finis par appuyer sur la sonnette. Très vite, une voix féminine annonce sèchement dans l'interphone que le docteur Romesco est absent et qu'il faut que je m'adresse au médecin de garde.

J'insiste :

– Euh ! Ce n'est pas pour un problème médical... C'est personnel.

– Vous êtes qui ?

– Je m'appelle Maxime Rodriguez. Le docteur Romesco est mon médecin. Il faut que je lui parle.

Brève hésitation.

– Le docteur et sa femme sont absents. Revenez demain matin...

– Non, non ! C'est urgent. Et ça vous concerne aussi !... Je veux dire que c'est en rapport avec la... euh... la sécurité de la maison...

– C'est une blague ?

– Pas du tout ! Vous DEVEZ me croire !

Je panique à l'idée de n'être pas suffisamment persuasif.

Le silence se fait. Le cliquetis des serrures me rassure. La porte s'ouvre.

Je suis surpris. C'est une fille de quinze ou seize ans qui m'accueille. Je renouvelle les présentations en essayant de paraître calme :

– Bonjour. Je suis Maxime Rodriguez.

– Mais qu'est-ce qui se passe ?

– Ben voilà. C'est compliqué… J'ai reçu un message qui indique que la maison des Espingliers risquait…

J'hésite.

– Risquait quoi ?

Je suis provisoirement dispensé de réponse grâce à l'arrivée d'un petit garçon aux cheveux blonds et frisés qui se penche dans l'entrebâillement de la porte et m'adresse un grand sourire.

– Salut Gabriel ! je lance.

– Salut Massime, répond l'enfant d'une voix zézayante.

– Vous vous connaissez ? s'étonne la fille.

– Madame Romesco et ma mère sont copines. Ça m'est arrivé de garder les enfants ici quand leurs parents étaient sortis.

Elle se détend :

– Ah, toi aussi ? Ce soir, tu vois, c'est moi la baby-sitter !

Pour la première fois, elle sourit. Elle me tend la main.

– Je m'appelle Julie !

Je m'inquiète :

– Aline n'est pas là ?

– Elle fait du coloriage dans sa chambre, pourquoi ?

– Tu ne pourrais pas la faire descendre ?

Elle retrouve sa sécheresse de ton et me rétorque :

– Qu'est-ce que tu veux à la fin ?

– Je vais te le dire mais appelle-la...

Elle rentre alors dans le couloir et, du bas de l'escalier, elle demande à Aline de nous rejoindre.

J'entends l'enfant dévaler les marches et je me félicite qu'elle ait obéi si vite. Elle pointe le nez à son tour.

– Tiens ? Bonjour Maxime !

– Bonjour Linou.

– Toi aussi, tu vas nous garder ?

– Pas exactement...

Julie s'impatiente :

– Tu t'expliques à la fin ?

– J'y viens mais... j'aimerais d'abord qu'on s'éloigne de la maison.

– Quoi ?

– Vous courez un danger !

J'ai dû être convaincant. Elle pousse les deux enfants devant elle et sort à son tour en examinant la maison.

– Je ne vois rien ! lance-t-elle.

Je les entraîne plus loin tout en me justifiant :

– Je crois qu'il y a un risque de...

Je n'ai pas le temps de finir ma phrase. Je me sens soulevé par une force fantastique tandis que le monde s'anéantit dans un vacarme d'épouvante. Je me retrouve sur les fesses au centre de la place, le petit Gabriel à mes pieds, au milieu d'un immense nuage de poussière. Devant nous, la maison des Espingliers a été soufflée et les flammes crépitent déjà.

Hébété, je prends des nouvelles de Gabriel :

– Tu vas bien ?

Il pose sur moi ses grands yeux bleus et constate :

– La maison l'a fait boum !

Je cherche du regard Aline et Julie. Elles ont accompli, elles aussi, un joli vol plané qui les a amenées derrière nous. Je me lève pour leur venir en aide. Je m'aperçois alors que j'ai une belle estafilade au bras gauche. Les filles sont indemnes. Par réflexe, nous nous serrons les uns contre les autres. Ni pleurs ni paroles. Nous sommes sous le choc.

– Qu'est-ce qui se serait passé si tu ne nous avais pas fait sortir ? finit par demander Julie d'une voix tremblante.

Je n'ose pas avancer de réponse. Je me contente de répéter :

– Tout va bien, les enfants… Tout va bien !

Très vite, les voisins accourent, la foule envahit la place. On nous presse de questions. L'arrivée des pompiers nous délivre. Nous sommes conduits dans l'ambulance afin d'être examinés. J'abandonne mon bras à l'infirmier et, en même temps, je suis pris d'une crise de tremblements incontrôlables.

– Ce n'est rien, c'est une réaction nerveuse courante ! me rassure-t-il.

Je suis soumis à un interrogatoire sommaire. Le nombre de personnes dans la maison, le lieu où nous nous trouvions au moment du sinistre, si l'on a senti une odeur de gaz... Je réponds du mieux que je peux malgré le claquement de dents que je ne parviens pas à juguler. Je ne m'estime pas en état de raconter mon histoire de messages Internet. On verra plus tard pour les révélations. Simplement, je me permets d'avancer :

– C'est sûrement un incendie volontaire !

Le secouriste ne paraît guère convaincu.

– L'enquête le dira... En attendant, tu as besoin d'être recousu ! Tous les quatre, vous vous en tirez bien ! Une coupure et quelques bleus, ce n'est pas cher payé pour un sinistre pareil !

Je passe la tête par la portière du véhicule. La maison n'est déjà plus qu'une ruine fumante que les lances des pompiers arrosent copieusement. Tout à fait ce que l'on devinait sur la photo de *L'Éclaireur*.

La douleur au bras se précise mais je retrouve mon calme. Je réfléchis à ce que je vais dire aux enquêteurs. Sans orgueil déplacé, je peux affirmer que j'ai évité une catastrophe, notamment en faisant descendre Aline de sa chambre… Le fou qui a comploté ça a risqué la vie de trois personnes ! Plus la mienne… Mais une chose est sûre : il n'y a pas la victime annoncée. La version de *L'Éclaireur* était donc mensongère.

Un pompier, qui se présente comme le capitaine de la compagnie, annonce :

– On va vous conduire tous les quatre à l'hôpital afin d'approfondir les examens médicaux, contrôler vos tympans… et recoudre le bras du blessé.

– Et nos parents ? je demande.

– Nous les avons prévenus. Ils vous retrouveront là-bas.

– Où on va dormir maintenant qu'on n'a plus de maison ? questionne Aline.

– Il y aura une solution ! assure le pompier.

– On pourra mettre le pin-pon ? réclame Gabriel.

FARIBOLES

Hier soir, à l'hôpital, on m'a averti que des gendarmes viendraient prendre ma déposition ce matin. À neuf heures, ils sonnent à la maison. Ma mère a prévenu son lycée qu'elle arriverait en retard afin de rester à mes côtés. Elle est dans tous ses états. Elle ne supporte pas l'idée que j'aie pu frôler la mort.

J'ai essayé de lui expliquer les raisons de ma présence sur les lieux, mais son esprit rationnel lui interdit d'admettre que j'aie eu connaissance d'un événement avant qu'il se produise.

Je lui ai montré les impressions des unes de *L'Éclaireur* que j'ai reçues et qui mentionnent le jour et l'heure de réception. Je les ai comparées devant elle avec les vraies unes. Je les conserve désormais soigneusement. Rien n'y a fait.

Elle a écarté ce qu'elle appelle mes « fariboles » et a passé son temps à se lamenter en posant sur moi un regard anxieux :

– Qu'est-ce qui t'arrive en ce moment, Maxime ? Tu es très agité. Il paraît que tu as perturbé le concert de l'école de musique samedi soir ! La nuit, tu parles en dormant… Tu n'as pas commis de bêtises, j'espère ?

Elle ne s'imagine quand même pas que je suis mêlé au sabotage de la voie ferrée ou à l'incendie de la maison des Espingliers ?

Il y a deux gendarmes en uniforme pour m'interroger, un homme d'une quarantaine d'années, raide d'allure, et une jeune femme plus affable qui s'inquiète de ma santé.

– Cinq points de suture ! je fais, en montrant le bandage de mon avant-bras.

– Tu pourras supporter nos questions ? demande-t-elle avec un sourire.

J'opine. Elle expose la procédure, m'explique qu'elle prendra des notes. Elle précise que je suis interrogé comme témoin et que tout se passera bien. Elle est optimiste…

Je déroule devant les enquêteurs les fils de mon histoire tandis que ma mère lève les yeux au ciel en m'écoutant une nouvelle fois.

Je n'ai malheureusement pas plus de succès avec eux que je n'en ai rencontré avec elle.

– Tu prétends recevoir des informations qui annoncent ce qui va se passer ? résume le gendarme avec une moue d'incrédulité.

– C'est ça. Vous voulez voir ?

À leur tour, ils sont confrontés aux unes de *L'Éclaireur* reçues par mail et aux journaux réels. Je leur explique encore que les informations qui pourraient permettre de remonter jusqu'à l'expéditeur ont été occultées. Les gendarmes exigent de voir.

Je les installe devant l'écran de mon ordinateur et je leur présente les pièces à conviction, soulignant les dates et les heures de leur réception. Ils assistent en silence au défilé des images en me jetant de temps en temps des coups d'œil étonnés.

– Si je comprends bien, relance l'homme une fois que nous avons regagné le salon, tu t'es rendu hier chez les Romesco après avoir découvert dans ta messagerie la page du journal qui devait paraître ce matin. Celle-ci annonçait un incendie qui n'avait pas encore eu lieu. Tu as demandé aux occupants de la maison de sortir, ce qui – entre parenthèses – leur a probablement évité le pire. Tu prétends aussi que tu reçois ce type de messages depuis un certain temps. C'est bien ça ?

– Oui. Quelqu'un fabrique des comptes rendus d'événements qu'il a programmés. Il me les envoie puis il déclenche ces événements qui seront plus tard racontés dans la presse. Les choses se sont passées ainsi avec le sabotage du chemin de fer : il m'a transmis l'information AVANT qu'elle soit connue. Pour la maison des Romesco, j'ai été averti de l'incendie AVANT que ce détraqué n'aille mettre le feu !

Le regard que les gendarmes échangent en dit long sur l'étendue du problème que je leur pose. J'essaie d'affiner la démonstration :

– Hier soir, le type m'a annoncé que l'incendie allait faire une victime... Mais il s'est trompé. Tout le monde s'en est sorti. Il avait mal évalué les conséquences de son attentat et son mail ne colle plus avec la réalité. C'est bien la preuve, non ?

Le gendarme lève ses sourcils haut sur le front. Je pense avoir marqué un point crucial. Il ouvre sa serviette et sort un exemplaire de *L'Éclaireur du Centre*. Il me le tend.

– Tiens, c'est le journal de ce matin.

Je le déplie avec appréhension. Je m'effondre.

– Ça ne va pas, Maxime ? s'inquiète ma mère.

Je secoue la tête, désespéré. En bas de la page il y a la photo que j'ai découverte hier. Et le même titre ! « Souvigny : un incendie ravage la maison des Espingliers, faisant une victime. »

Et je note aussi au passage que le premier du classement du championnat de France de football a bien été écrasé quatre buts à zéro par la lanterne rouge.

– Il y a vraiment eu un mort ? je demande dans un souffle.

La femme confirme :

– Une proche voisine de la maison incendiée, une dame très âgée. Elle est probablement décédée d'une crise cardiaque causée par la frayeur.

Je prends ma tête entre mes mains et commente :

– Alors, tout s'est passé exactement comme l'incendiaire l'avait annoncé ! Mais comment pouvait-il le savoir ? Un mort ! Pourquoi pas deux… ou quatre ?

C'est l'homme qui me répond cette fois, sur un ton visiblement destiné à me ménager :

– Il n'y a pas d'incendiaire. L'enquête préliminaire a conclu à la rupture d'une conduite souterraine de gaz, ce qui exclut un acte malveillant. Peu avant le sinistre, un voisin a téléphoné au 18 pour signaler une odeur suspecte dans le quartier. D'ailleurs, si les pompiers sont arrivés si vite sur les lieux, c'est qu'ils étaient en route. Les premiers éléments semblent indiquer que la poche de gaz s'est formée à l'arrière de la maison et que l'étincelle qui a provoqué la catastrophe provenait de la chaudière située dans le garage. Vous avez eu la chance de vous trouver devant au moment de l'explosion et que ce ne soit pas ton coup de sonnette qui l'ait déclenchée !

– C'est pas vrai, mais c'est pas vrai !

Je suis anéanti.

– C'est tout à fait vrai, mon garçon ! Reste à savoir pourquoi tu racontes cette histoire de mails qui ne tient pas debout !

Je me tourne vers ma mère pour chercher de l'aide. Son visage s'empourpre. Elle prend la parole en bafouillant un peu mais elle se ressaisit vite et, pour parler de moi, elle trouve des accents d'une telle sincérité qu'elle ferait fondre le plus endurci des représentants de la loi.

Le gendarme finit par l'interrompre en posant sa main sur son bras :

– Je ne doute pas que ce portrait flatteur de votre fils soit exact, chère madame. Simplement, il faudrait vous interroger sur sa propension à l'affabulation.

Affabulation ? C'est nouveau ! J'énumère avec dépit les commentaires qu'ont suscités mes révélations sur les gens de mon entourage : parano... trucs imaginaires... fariboles... À croire qu'ils travaillent ensemble avec un dictionnaire de synonymes !

Le gendarme poursuit :

– Ne pourrait-on pas dire que, passant devant la maison des Espingliers, tu as senti toi aussi une forte odeur de gaz et que tu as pris l'initiative, heureuse au demeurant, de faire sortir les occupants ?

Je tarde à répondre. Il enchaîne :

– Et on pourrait oublier ce scénario de science-fiction mal ficelé que tu as d'évidence construit à partir de reproductions de journaux déjà parus. Il faut avouer que tu as su habilement maquiller les documents, trafiquer les en-têtes, modifier les horaires. Quant à savoir dans quel but tu as monté cette mystification…

Mystification. Encore un mot à ajouter à la liste !

Le gendarme conclut, péremptoire :

– C'est pour valoriser ton savoir-faire informatique.

Il n'en manque pas, lui, de savoir-faire, pour arranger à sa sauce la vérité des autres !

– Allez, confirme ! implore ma mère.

Je n'y arrive pas. Et pourtant, je sais qu'il me suffirait d'accepter leur version pour avoir la paix.

Le gendarme reprend :

– Ce n'est jamais facile de reconnaître qu'on a… je ne dirais pas « menti » mais… déguisé la vérité. N'est-ce pas ?

Je hoche la tête. Il prend cela pour une acceptation de sa thèse.

– Parfait… On va mettre tout ça au propre.

Je n'ai pas l'énergie de réagir.

– Tu me permettras d'utiliser ton imprimante ? me glisse la femme en ouvrant son ordinateur portable sur lequel elle s'apprête à taper. On pourra te faire signer la déposition sur place, cela t'évitera de te rendre à la gendarmerie.

Ben voyons !

Un quart d'heure plus tard, ils prennent congé. J'assiste à leur départ par la fenêtre du salon. Je peste contre eux, contre ma mère, contre moi-même. Je me suis laissé manipuler et j'ai mis ma signature sous un tissu d'âneries !

RENDEZ-VOUS

J'ai repris le chemin du collège ce matin. Les copains, qui ont eu vent de mon aventure, me harcèlent de questions auxquelles je réponds avec une patience vite émoussée. Sans que je le lui demande, Alexandre s'attribue un rôle de garde du corps, filtrant les interventions, écartant les gêneurs.

– Soyez sympas ! Il a été blessé.

Mais mon bras en écharpe attise la curiosité... Heureusement, la conseillère d'éducation me permet de demeurer en classe pendant les pauses et autorise Alexandre à rester avec moi.

C'est fou ce qu'un peu d'héroïsme rend les gens aimables !

J'ai donc tout le temps de lui raconter ce qui s'est passé avec les deux gendarmes. Je lui expose la version qui a été retenue dans ma déposition. J'ai pris la décision de m'y cantonner. J'ai peu dormi cette nuit et j'ai mis à profit mon insomnie pour réfléchir.

Voilà des jours que je m'escrime à convaincre mon entourage des bizarreries auxquelles je suis confronté. J'ai essayé de mobiliser Alexandre, son père, ma mère, les gendarmes... Sans aucun succès. Eh bien, puisque personne ne s'intéresse aux mystères qui éclosent autour de moi aussi vite que les boutons d'acné sur le visage d'Alexandre, j'ai décidé de renoncer à comprendre.

– C'est vrai que, pendant l'interrogatoire, il y a un flic méchant et un autre sympa pour te déstabiliser ? demande Alexandre.

– Je n'y avais pas pensé mais ça pourrait y ressembler... Remarque, ils ont été corrects ! Pas de lumière dans les yeux ni de gifles pour me faire avouer.

– Avouer quoi ? T'avais rien à cacher.

– Je rigole ! Mais tu devrais demander à ton père comment ça se passe. Il a dû en voir des interrogatoires musclés...

– Il ne parle jamais à la maison de son travail !

Ce matin, je me sens bizarrement détendu. Une conséquence des résolutions prises durant la nuit ? Peut-être un effet des médicaments contre la douleur que m'a prescrits le médecin. Plus sûrement le résultat de deux coups de fil reçus hier. Le premier, vers midi. Une longue conversation avec mon père renseigné par ma mère sur mes mésaventures. Il a répété plusieurs fois qu'il était très fier de ce que j'avais fait et que cela confirmait que je deviendrais quelqu'un de bien. Ça m'a regonflé à bloc. En prime, il m'a annoncé qu'il rentrait jeudi.

Le deuxième appel, reçu en fin d'après-midi, m'a surpris. C'était Julie, la baby-sitter. Elle voulait de nouveau me remercier. Elle a employé pour cela des mots que j'ai trouvés un peu trop grands pour moi. Elle a fini par dire qu'elle aimerait me revoir.

Du coup, on s'est mis d'accord pour boire un pot ensemble à six heures au café *Maryland*, place Kléber.

– C'est génial le scénario du sauveur pour obtenir un rendez-vous ! ironise Alexandre. Pas facile à réaliser quand même... Elle est comment, Julie ?

– Je n'avais pas la tête à l'examiner ! Ce que je sais d'elle, c'est ce qu'elle m'a dit au téléphone. Elle habite dans le quartier nord. Elle est en seconde au lycée où bosse ma mère... mais elle ne l'a pas comme prof.

– C'est mieux pour l'intimité !

– Tu ne pourrais pas arrêter d'imaginer des plans filles à longueur de temps ? Ça t'éviterait de venir déverser régulièrement tes chagrins d'amour sur mon épaule.

– Ouais mais moi, au moins, je vis dans le monde réel. Je ne passe pas mon temps enfermé dans un sous-sol à essayer d'inventer la cape de l'homme invisible ou la machine à remonter le temps…

La terrasse du *Maryland* est noire de monde dans le soleil de cette fin d'après-midi. Quand j'arrive, Julie est déjà là. Elle se lève pour m'embrasser. Elle a vraiment l'air contente de me voir.

– Ça va, ton bras ?

– Impec ! Et ta bosse sur le crâne ?

– Même plus mal ! Tu parles d'une histoire !

– À vous mettre sur le derrière !

Nous éclatons de rire. Je la contemple enfin. Cheveux courts et bruns, pli volontaire à la bouche. Je n'avais pas remarqué un signe particulier qui maintenant me saute aux yeux, cette fossette qui creuse son menton et le partage joliment en deux lobes. Elle a suivi mon regard.

– C'est une marque de fabrique. Presque tout le monde a cette particularité dans la famille de ma mère !

– C'est marrant ! je constate, me reprochant aussitôt de ne pas avoir trouvé autre chose à dire.

Elle me sourit, indulgente, et enchaîne :

– Tu sais que la ville a mis un logement à la disposition des Romesco ? Tout le quartier s'est solidarisé pour leur fournir des meubles, du linge, des ustensiles de cuisine. Il paraît qu'ils sont submergés.

– Je sais. Le docteur est passé à la maison hier soir. Il voulait me parler.

– Te remercier, je suppose ?

– Ouais… En tout cas, Gabriel et Aline vont bien, c'est le principal.

– Excuse-moi de revenir sur cette histoire mais quelque chose me tracasse.

– Ah bon ?

– Quand tu es venu chez le docteur et que je t'ai demandé ce qui se passait, tu as répondu que nous courions un danger.

Je me sens mal à l'aise.

– Ça s'est vérifié !

– Tu disais aussi que tu avais été… prévenu.

– Je voulais simplement t'avertir que ça sentait le gaz dans le quartier. C'est d'ailleurs ce qu'il y a dans ma déposition aux gendarmes.

– Je me souviens que tu as parlé de « message » et j'ai compris que quelqu'un t'avait averti d'une catastrophe imminente.

Je me crispe.

– Je ne me rappelle pas exactement. Il y avait urgence… Je vous ai demandé de sortir tous les trois ! Tu as dû mal entendre.

Elle me regarde en biais comme pour vérifier si mon nez s'allonge.

– Mouais ! Dis-moi pourquoi j'ai l'impression que tu es gêné et pourquoi je crois que tu ne racontes pas tout.

Je ne sais plus comment m'en sortir. Pas question de lui révéler les faits. Elle fuirait. En même temps, je n'aimerais pas la décevoir et voir disparaître la petite lumière qui brille dans ses yeux.

Mal à l'aise, je prends mon Coca et me tourne pour contempler la foule des consommateurs qui sirotent dans la lumière du soir.

– Il y a du monde ! je constate, regrettant déjà la banalité de ma remarque.

Julie acquiesce tout en demeurant silencieuse.

Soudain, mon attention est captée par deux clients installés à quelques tables de nous. Ils sont penchés l'un vers l'autre et se parlent à voix basse. L'intimité entre ces deux-là me surprend. L'un est Vincent Belleville, le correspondant local de *L'Éclaireur du Centre*. Le type avec lequel il discute, je ne l'ai aperçu que brièvement, mais ses traits et son allure sont restés gravés dans ma mémoire. C'est l'homme de l'église et du concert, celui dont j'ai pensé qu'il me surveillait.

Julie, décidément, capte tout.

– Tu les connais ?

– Oui ! Le gars en polo, c'est le journaliste de *L'Éclaireur*. Celui en chemise et cravate, je l'ai croisé samedi soir. Il m'a sûrement évité des ennuis.

– Raconte !

Sur ce point précis, je ne risque rien à me dévoiler. Je lui relate le concert, le chahut dans la salle, l'altercation avec les perturbateurs puis l'apparition providentielle d'un homme qui les a fait fuir.

– Sur le coup, je l'ai surnommé « mon ange gardien » !

Julie semble captivée. C'est un plaisir que je n'ai pas ressenti depuis longtemps : quelqu'un m'écoute !

Je suis interrompu par Vincent Belleville. Il a pris congé de son interlocuteur et, nous apercevant, il s'approche et demande :

– Je peux m'asseoir ?

– Bien sûr ! je réponds, surpris.

Il s'adresse d'abord à Julie :

– C'est vous qui étiez dans la maison du docteur Romesco, n'est-ce pas ? Je vous ai aperçue l'autre soir dans l'ambulance des pompiers.

– Oui…

– En vous voyant là, tous les deux, j'ai pensé que je pourrais faire un papier sur votre aventure. Une interview où vous raconteriez ce qui s'est passé. Le point de vue du sauveteur et celui de la miraculée, ce serait original, non ?

Il note mon manque d'enthousiasme.

– Ne t'inquiète pas ! Tu auras juste à me confier tes impressions. Je mettrai ça en forme.

– Il faut que je demande à mes parents, avance Julie.

– Oui, bien sûr ! Je peux me charger de les convaincre si vous voulez.

– Je dois aussi en parler aux miens ! j'ajoute.

– D'accord ! Je vous promets que je ne publierai rien avant que vos parents m'aient donné leur autorisation. Mais on peut déjà évoquer les grandes lignes, non ?

Il sort de sa poche un calepin passablement écorné et un stylo. Il s'installe pour prendre des notes et se tourne vers moi :

– Maxime, comment t'es-tu aperçu du danger qui guettait les occupants de la maison ?

Julie prend les devants :

– C'est une très bonne question, seulement je ne crois pas que vous aurez de réponse.

Vincent Belleville fronce les sourcils puis, comme frappé par une révélation, il m'interroge avec un air gourmand :

– Tu as été traumatisé par l'accident, c'est ça ? Tu ne peux pas en parler ?

– Mais non... J'ai déjà tout raconté aux gendarmes. Je n'ai pas envie de recommencer. C'est tout !

Visiblement, un témoin en état de choc aurait beaucoup plu au journaliste. Il change brutalement de sujet :

– Quand tu es venu me voir la semaine dernière au sujet du sabotage de la ligne de chemin de fer, je n'ai pas vraiment cru à ton projet d'exposé. Pour tout t'avouer, j'ai pensé que tu étais mêlé à l'affaire et que tu venais t'informer sur ses prolongements.

Ce n'est pas vrai ! Ça recommence comme avec le père Berthier ! Belleville note mon embarras et semble prendre plaisir à jouer avec mes nerfs.

– Du fait que les saboteurs avaient appelé le journal et que j'avais écrit un papier, j'ai eu la visite des enquêteurs. La gendarmerie de Souvigny tout d'abord... puis un agent de la surveillance générale de la SNCF. Tu dois me croire, je n'ai absolument rien dit à ton sujet ! C'est bien la preuve que tu peux avoir confiance, Maxime.

Je bafouille d'indignation :

– Je n'ai rien à voir avec ça ! Je ne pourrais jamais faire un truc pareil !

Julie ne perd pas une miette de l'échange.

– Calme-toi, tempère Belleville. Je sais que tu es innocent. Et je peux même te livrer un scoop... Mais il faudra que tu m'accordes l'interview. Donnant, donnant !

Voilà où il voulait en venir...

Il me glisse une petite carte où figurent ses coordonnées.

– Parlez-en à vos parents et passez me voir demain après-midi au bureau. Vous trouverez bien un moment, c'est mercredi !

Je ne veux rien promettre.

Je lance :

– Et votre scoop, c'est quoi ?

– OK ! Ce que je vais vous révéler paraîtra demain dans *L'Éclaireur du centre*. Je ne trahis donc aucun secret. Vous allez simplement avoir la primeur de l'info. Avez-vous remarqué l'homme avec lequel je discutais tout à l'heure ?

Je fais le savant :

– Il traîne ici depuis quelques jours... Je l'ai vu samedi soir au concert à la grande halle puis en ville.

– C'est un agent de la Surveillance générale de la SNCF.

Ma gorge se serre. Mais pourquoi ce policier des chemins de fer s'est-il intéressé à moi ? Je poursuis, la bouche sèche :

– Je me disais aussi que ce type n'avait pas les yeux dans sa poche.

– Il a été envoyé pour enquêter sur les problèmes de sécurité. Depuis près d'un mois, des incidents sérieux se produisent sur les voies ferrées dans les environs de Souvigny. À chaque fois, le scénario est le même. Des obstacles dangereux sont posés sur les rails, le soir ou dans la nuit, peu avant le passage d'un train. Quelqu'un téléphone alors anonymement pour avertir.

– Vous prétendez que ça s'est produit plusieurs fois ? je lance, éberlué.

– Jusqu'ici, c'était la gare d'Orléans qui recevait les appels. La semaine dernière, c'est le journal qui a été contacté. Du coup, l'information sur les sabotages, qui était demeurée jusque-là confidentielle pour ne pas donner de mauvaises idées à d'autres plaisantins, a été publiée.

– Des plaisantins ? je relève avec consternation.

– Monsieur Langlois – c'est l'agent SNCF dont je vous ai parlé – a mené une enquête poussée en se mêlant à la population. C'est, dit-il, sa technique d'investigation. Il a fini par suspecter une bande de jeunes qu'on avait aperçus rôdant dans le quartier de la gare. Avec l'aide de la gendarmerie, il les a pris en flagrant délit hier soir alors qu'ils allaient recommencer. Trois gamins pas bien futés...

J'en ai trop entendu. Je sens un impérieux besoin de me retrouver seul. Je me lève et, sans trop savoir où aller, je quitte les lieux.

– Tu me laisses ? demande Julie d'une petite voix.

– Et mon interview ? s'exclame le journaliste.

Je ne réponds pas. Je sors de la place Kléber comme un automate. Je me sens fatigué, mon bras me lance, le sang bat à mes tempes. Un banc libre sur le mail m'offre l'hospitalité. Je m'assois. J'essaie de réfléchir.

Je viens de comprendre les raisons de la présence de ce M. Langlois dans mon sillage. En fait, ce n'est pas moi qu'il surveillait. Il pistait les trois types qui ont perturbé le concert. Les saboteurs !

Mais ce n'est pas le plus important. Vincent Belleville, avec son récit, confirme ce que j'avais soupçonné en apprenant le caractère accidentel de l'incendie. Les messages Internet que je reçois ne sont pas des avertissements destinés à m'impliquer dans des mauvais coups ou à me causer du tort. Personne ne complote contre moi, ni un saboteur, ni un incendiaire, ni un chauffard, ni un expert en informatique... Il n'y a personne... personne... PERSONNE! Seulement un ordinateur et son logiciel de messagerie qui a programmé à mon profit la livraison du journal à domicile comme le ferait un bon chien dressé. De telle manière que j'aie connaissance de certains événements avant qu'ils se soient déroulés.

J'hésite entre les pleurs et les hurlements.

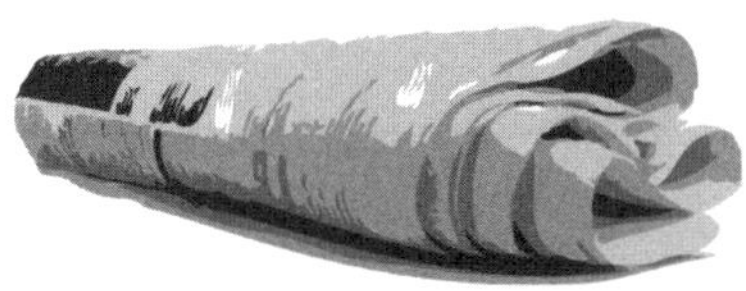

UN MYSTÈRE POUR DEUX

Je suis dans la rue. Un danger que je ne peux pas définir me menace. Je veux appeler à l'aide. J'ouvre la bouche mais aucun son n'en sort. Dans mon dos, le danger se rapproche. Je hurle. Mon cri n'est que silence. Des passants me croisent en m'ignorant. Je me réveille en nage.

Depuis plusieurs jours, ce rêve revient de manière récurrente, me mettant dans un état de malaise dont je peine à sortir. Je traverse une sale période. Au collège, j'ai complètement raté mon brevet blanc. Mes parents risquent de tiquer quand les résultats vont tomber !

Heureusement, il me reste le travail à l'atelier. J'ai réussi à mettre au point mon crayon correcteur. Je profite de mon après-midi libre pour l'expérimenter sur un devoir de géographie que je dois rendre demain. Si les résultats sont concluants, je passerai à la phase de miniaturisation.

On sonne à la porte. J'hésite à aller ouvrir puis je me souviens que ma mère m'a demandé de réceptionner une commande de livres.

Surprise ! Ce n'est pas un livreur qui se tient sur le pas de la porte mais Julie. Elle écarquille les yeux en me découvrant dans ma blouse blanche.

– Mais qu'est-ce que tu fabriques dans cette tenue ?

– Je bricole... Et toi, qu'est-ce que tu fais là ?

Elle est un peu gênée.

– Hier, tu es parti d'un coup, sans explication. Tu avais l'air sonné... Je suis venue prendre de tes nouvelles.

– C'est sympa ! J'ai de temps en temps des malaises. Hypoglycémie d'après le docteur...

– Ah bon ? C'est vrai que tu n'as pas bonne mine. Est-ce que ces malaises peuvent être déclenchés par une contrariété ?

– Pourquoi tu me demandes ça ?

– J'ai eu l'impression que tu avais filé à cause de ce que racontait le journaliste.

Elle pourrait presque devenir agaçante à décortiquer mes moindres réactions.

Je réponds du tac au tac :

– Tu te prépares à devenir détective ?

Je regrette déjà ma réplique. Elle est désappointée.

– Je ne veux pas te contrarier. Mais j'ai besoin de discuter sérieusement avec toi… Je peux entrer ?

Je lui accorde l'hospitalité de mon atelier, un lieu intime que peu de personnes ont eu le privilège de visiter.

– Ouah ! Je n'en reviens pas. On se croirait dans le labo du docteur Frankenstein ! Où tu as mis ton monstre ?

Et elle commence à détailler chacun des objets posés sur les tables, rangés sur les étagères, accrochés aux murs.

– C'est quoi cette espèce de sauterelle en ferraille à six pattes ? demande-t-elle.

– Un automate électronique capable de monter seul des escaliers.

– C'est toi qui l'as fabriqué ?

– Comme tout ce qui fonctionne ici.

– Dis donc, tu m'avais caché tes dons… Où trouves-tu ton matériel ?

– De la récup !

– C'est incroyable !

Je ne suis pas mécontent d'impressionner Julie.

– Et cette drôle de suspension au plafond ?

– C'est un canon pivotant à images. Je l'ai mis au point pour le concours de lanternes du 14 juillet. Il y a même eu un article à son sujet sur le site Internet de *Sciences et Technologies*. Je leur avais envoyé un dossier pour le concours des jeunes inventeurs.

Je me sens devenir immodeste.

– Si tu tapes « Maxime Rodriguez » sur ton moteur de recherche, tu me verras apparaître en photo avec l'engin. Tiens, regarde, elle est sur l'étagère.

Elle observe ma relique :

– Ce sont tes parents avec toi ? Ah ! Je reconnais ta mère. Je l'ai croisée dans les couloirs du bahut. Ton père, je ne l'ai jamais vu.

– Il est souvent en déplacement pour son boulot.

– C'est un beau brun ténébreux. Tu lui ressembles !

Voilà le qualificatif parfait pour caractériser mon père : un beau ténébreux… avec un passé qui ne l'est pas moins.

Julie veut tout savoir :

– Et ça, qu'est-ce que c'est ?

– Je travaille dessus en ce moment. C'est un stylo couplé à un ordinateur qui corrige les fautes d'orthographe. Je réfléchis au moyen d'afficher les corrections sur l'écran d'un téléphone portable.

Julie s'assied sur le coin de mon bureau et me fixe en silence. Elle est redevenue sérieuse. Elle réfléchit. Je me sens dans la situation d'un candidat avant un examen.

– Je m'aperçois que je ne te connais pas, explique-t-elle enfin en embrassant l'ensemble du sous-sol d'un large geste de la main. Toutes ces inventions, ces mystères autour de toi... Et pourtant, c'est bien à toi qu'il faut que je parle.

C'est à mon tour d'être surpris.

– À quel sujet ?

Elle hésite quelques secondes, sort de sa poche une feuille de papier pliée en quatre et me la tend.

– Ça te dit quelque chose ?

Je prends la feuille, la déplie. Je sursaute. Il s'agit d'une reproduction de la une de *L'Éclaireur* de jeudi dernier rapportant la tentative de sabotage de la voie ferrée. Seuls les titres sont lisibles. Le reste des textes se noie dans une bouillie noirâtre.

– Où tu as eu ça ? je demande, la gorge nouée.

– Dans ma messagerie.

– C'est arrivé quand ?

Elle me fixe avec un drôle d'air.

– Mercredi soir, à 20 h 14. Regarde, il y a la date et l'heure.

Je suis sonné. Elle respecte un moment mon silence malgré une impatience manifeste.

Elle finit par lancer :
– C'est toi qui m'as envoyé ce mail ?
Elle n'a pas été agressive. Je me cabre pourtant.
– Bien sûr que non ! Pourquoi je l'aurais fait ?
– Le pourquoi, je ne vois pas… Mais le comment m'a sauté aux yeux en entrant ici. Je suis sûre qu'avec tes talents tu dois pouvoir bricoler des messages et les expédier de façon anonyme à qui tu veux.
Je me défends avec vigueur.
– Erreur totale ! La preuve, c'est que j'ai reçu un envoi identique !
Elle est ébranlée.
– C'est vrai ?
– Je te montre mes mails, si tu veux.
– C'est pourtant toi qui as mentionné l'existence d'un message quand tu es venu chez les Romesco, juste avant l'explosion. D'ailleurs, j'ai bien vu que tu étais gêné quand j'ai voulu t'en parler. Et quand plus tard le journaliste a évoqué l'affaire du chemin de fer, tu as eu ton malaise. Ce n'était pas difficile de conclure que tu avais quelque chose à voir avec mes mails.
– Tu en as reçu plusieurs ?
– Trois en tout. Mais je n'ai réussi à ouvrir que celui-ci. Avec les deux autres, le logiciel n'arrête pas de bugger.

– Je peux te dire ce qu'ils contenaient. Le premier parlait de l'accident qui a causé la mort de Ludo. Un handicapé…

– J'ai suivi l'histoire, répond-elle en hochant la tête.

– L'autre, comme tu l'as compris, annonçait l'incendie de la maison des Espingliers.

– Si ce n'est pas une mauvaise plaisanterie de ta part, qu'est-ce que ça veut dire ? Qui envoie ces mails ? Et par quel tour de passe-passe s'arrange-t-il pour annoncer un événement avant qu'il ait lieu ?

– Ce n'est pas un tour de passe-passe… Ces mails évoquent réellement les événements AVANT qu'ils se produisent ! Et c'est bien pour cela que je me suis trouvé devant la maison des Romesco et que je vous ai demandé d'en sortir.

– Tu me fiches la trouille !

– J'ai retourné le problème dans tous les sens. J'ai imaginé qu'un fou m'avait pris pour cible et m'envoyait des unes trafiquées de *L'Éclaireur*. Une façon de m'avertir de ses mauvais coups. Mais ça ne tient pas la route. Ce dont je suis sûr maintenant, c'est que les journaux que j'ai reçus sont les vrais… Et qu'ils sont arrivés dans ma boîte mail avant d'avoir été écrits dans la réalité ! Et pourtant, c'est impossible !

– Bien sûr que c'est impossible ! Alors, où est la faille ?

– Je n'en sais rien. La nouveauté, c'est d'apprendre que tu es aussi concernée. D'un côté, ça me rassure. Je ne suis pas un mutant qui louche entre le passé et le futur. Ou, en tout cas, je ne suis pas le seul…

– Merci pour le « mutant qui louche » ! Mais il y a peut-être d'autres destinataires encore.

– Tu en as parlé autour de toi ?

– Quand j'ai montré le message à mes parents, ils se sont fichus de moi. Ils ont dit qu'on trouvait de tout sur Internet, y compris des journaux. Ils n'ont rien compris.

– Je n'ai pas eu plus de succès de mon côté. Je ne te raconte pas la tête des gendarmes quand j'ai essayé de leur expliquer le problème. Ils ont cru que j'allais mal. J'ai laissé tomber.

Julie m'approuve. Je poursuis :

– Qui pourrait croire qu'un inconnu adresse à deux microbes comme nous la première page d'un journal qui n'existe pas encore ? Simplement pour nous permettre de connaître avant tout le monde les événements de Souvigny ?

– Et à quoi ça lui sert ?

– C'est une question qui me tracasse. Je n'ai pas pu empêcher la mort de Ludo, ni l'attentat du chemin de fer, ni l'incendie de la maison du docteur Romesco, ni la crise cardiaque de la voisine. Tu sais pourquoi ?

– Pourquoi ? dit Julie, plissant son front.

– Parce que ce qui doit arriver... arrive forcément.

– Je ne comprends pas.

– C'est pourtant évident... Supposons que j'aie averti les pompiers une demi-heure avant l'explosion et qu'ils soient arrivés à temps pour couper l'arrivée du gaz. La maison n'aurait pas sauté et une vie aurait été sauvée.

– Et on ne se serait peut-être pas connus !

– Exact... Mais le journal avait annoncé qu'il y aurait un mort et ça, on ne pouvait pas le changer.

– Alors, si tu ne nous avais pas forcés à sortir de la maison, je m'en serais quand même tirée avec Gabriel et Aline ?

– Quelque chose me dit que oui. Mais ne me demande pas par quel miracle !

Elle caresse la fossette de son menton, ce qui semble être le signe d'une réflexion intense.

– D'où tu tiens tout ça ?

– Je te ferai lire quelques numéros de *Sciences et Technologies* sur les théories du voyage dans le temps.

– Est-ce qu'on pourrait trouver dans tes revues quelque chose qui expliquerait ce qu'on fabrique dans ce bazar ?

La sonnette retentit. Je me rappelle que je dois réceptionner des livres.

– Je reviens tout de suite !

Je monte ouvrir. C'est bien le livreur. Je signe le reçu et prends possession du colis. Au moment où je vais refermer, mon attention se porte de l'autre côté de la rue. Je manque de lâcher mon paquet !

La Volkswagen blanche immatriculée dans le 92 est de nouveau garée en face de chez moi. Dans l'ombre, je ne distingue pas les traits du conducteur. Je ne doute pourtant pas de son identité. Et je suis persuadé qu'il me regarde.

LE SAC AUX SECRETS

Mon père est enfin arrivé. Il a roulé toute la nuit pour être avec nous le jeudi de l'Ascension. Il est entré sans bruit dans la maison alors que nous dormions encore, il a préparé le petit-déjeuner et il nous a réveillés avec un café fumant et des croissants.

J'ai eu droit à un cadeau, un livre ancien qu'il a trouvé chez un bouquiniste de Strasbourg : *Le secret des automates*. L'ouvrage est illustré de gravures et de plans.

– Tu vas connaître tous les trucs que des bricoleurs géniaux ont mis au point pendant des siècles ! assure-t-il. Qui sait, tu figureras peut-être un jour dans une encyclopédie des inventeurs ?

J'ai le cœur bien plus léger depuis qu'il est là. Comme toujours lorsqu'il rentre, nous passons un moment tous les trois à faire le compte rendu de nos activités, serrés sur la banquette du salon. C'est mon père qui commence. J'adore quand il raconte. Avec lui, la moindre anecdote concernant l'apparition d'un défaut mécanique dans l'entraînement d'une rotative ou sur une machine à encoller devient un roman d'aventures. Alors j'oublie mes tracas.

Ma mère décrit ensuite le train-train de son lycée. Même avec nous elle ne peut abandonner totalement ses manières timides. Il paraît pourtant qu'elle est passionnante en classe. Mon père se moque gentiment d'elle :

– Allez ! Montre-nous comment tu t'y prends pour fasciner tes élèves !

Il n'obtient que de modestes résultats.

Vient mon tour. J'évacue d'un mot le brevet blanc dont le bilan chiffré arrivera bien assez tôt. J'évoque la mort de Ludo, l'arrestation du trio qui vandalisait la ligne de chemin de fer, le succès d'Alexandre lors de son concert.

Je décris ma dernière invention. Mon père a hâte d'entendre ce qu'il appelle « mes exploits » pendant l'incendie de la maison des

Espingliers. Je sens ma mère se crisper. Elle se rassure quand elle comprend que je développe la version « light » établie avec les gendarmes. Mon père a beau l'avoir déjà entendu au téléphone, il ne peut s'empêcher de sourire durant mon récit. Il est heureux… Moi aussi.

J'ajoute enfin sur un ton détaché :

– Il y a une chose que j'ai oublié de te dire… Mercredi de la semaine dernière, un homme a sonné. J'étais seul à la maison. J'ai ouvert.

Ma mère se rembrunit.

– Il cherchait quelqu'un du nom de Rodrigo Rodriguez. Il a insisté. Je l'ai envoyé promener.

Un voile de contrariété traverse le visage de mon père.

– J'ai bien fait ? je demande.

– Oui… Oui, bien sûr ! répond-il, un peu hésitant. Il était comment ce type ?

– Trente-cinq à quarante ans. Une barbe bien taillée, habillé tout en noir, avec un gros diamant au doigt.

Sa bonne humeur s'est envolée.

– Il m'a donné un nom bizarre : la Caille.

Cette fois, il grimace.

– Tu aurais pu me prévenir plus tôt ! finit-il par remarquer.

Ma mère me devance :

– C'est ma faute. J'ai dit à Maxime que cette visite n'avait pas d'importance.

Je sursaute.

– Parce qu'elle en avait ?

Ils se concertent du regard. Ils savent quelque chose au sujet du visiteur. Ils sont en train de se demander si je dois être mis au courant. Pour accélérer leur décision, je crois malin d'ajouter :

– Cet homme s'est posté plusieurs fois devant la maison au volant de sa voiture. Une Volkswagen blanche immatriculée dans le 92.

Pour ce qui est de les faire réagir, c'est gagné. Dans un même mouvement, ils se précipitent à la fenêtre du salon.

Je les rassure :

– Il n'est pas là, j'ai vérifié tout à l'heure. Mais j'aimerais savoir pourquoi vous avez l'air paniqués.

Ils reviennent s'asseoir. Cette fois, mon père s'installe dans le fauteuil en face de moi. C'est à lui que revient la charge des explications. À son air douloureux, je présume qu'elle doit être lourde.

– Ce que j'ai à te dire n'est pas facile, confirme-t-il. Cela fait longtemps que ta mère et moi cherchons le meilleur moyen de t'en parler. Je crois que nous avons manqué de courage. Moi surtout.

– Mais de quoi il s'agit ? je demande, tout en redoutant ce qui va suivre.

Mon père prend une longue inspiration puis se lance :

– L'homme que tu as vu s'appelle François Caillemain. Je l'ai connu il y a longtemps, avant que tu sois né, avant même de rencontrer ta mère... Malgré le temps, il ne semble pas avoir beaucoup changé. À cette époque, je m'appelais effectivement Rodrigo et je vivais dans la région lyonnaise. Tu n'aurais peut-être pas aimé me connaître alors.

Les yeux rivés sur le sol, le voilà qui commence une méchante histoire que j'écoute, tétanisé, sans articuler un mot, avec l'impression que quelque chose se déchire lentement en moi.

J'apprends ainsi qu'il a quitté l'école très tôt sans que ses parents s'en inquiètent, trouvant rapidement les moyens de subvenir à ses besoins.

Ses activités ? Il a du mal à les avouer et j'ai du mal à l'entendre.

– À vrai dire, je ne savais pas trop ce qu'était le travail. Je traînais avec une bande de copains désœuvrés, désireux autant que moi de gagner leur vie sans efforts, sinon celui de prendre... ce qui ne nous appartenait pas. Tu saisis ?

J'ai compris. Il est aussi effondré que moi. Cet homme qui m'explique sans cesse ce qui est bien et ce qui est mal, qui inventait pour m'endormir des histoires fabuleuses de chevaliers au grand cœur... Mon père... un voleur ?

Ma mère intervient. Curieusement, elle ne bafouille pas.

– Tu vois, Maxime, les gens commencent dans l'existence avec des chances diverses. Ton père n'a pas eu l'entourage familial qui aurait dû lui enseigner les règles de la vie sociale. Alors, il a appris les règles de la rue où prime la loi du plus fort ou du plus malin.

Je connais le couplet. Il ne me console pas.

– Et j'ai vraiment voulu jouer au plus malin, poursuit mon père. La bande dont je faisais partie montait des coups faciles. Ce ne sont pas ceux qui rapportent le plus. Nous avons eu envie d'accroître la difficulté pour gagner davantage. C'est Caillemain qui a conçu le plan.

Il marque une pause. Il est tellement ému que j'ai l'impression qu'il ne pourra pas reprendre son récit. Il enchaîne pourtant :

– La cible était la Banque Centrale de Crédit et d'Investissement. Il s'agissait de s'emparer des fonds au moment où ils étaient transférés dans un fourgon blindé. On devait intervenir à quatre : un homme pour tenir les vigiles en respect, deux pour s'occuper des sacs contenant l'argent et un chauffeur.

La question me brûle les lèvres. Il y répond sans que j'aie à la lui poser :

– Je devais conduire la voiture...

Il s'arrête de nouveau et plante ses yeux dans les miens. Je sens que le plus dur est à venir. Désormais, il parle sans cesser de me regarder :

– Quelques jours avant la date prévue, quand Caillemain a apporté les pistolets, j'ai renoncé. Je n'avais jamais utilisé d'armes et, franchement, ça m'a terrorisé.

– Tu as eu une prise de conscience, note ma mère, autant pour le soutenir que pour atténuer mon désarroi.

– Sans doute ! Encore que je n'aie rien tenté pour convaincre la bande que c'était une folie. En plus, j'ai proposé un remplaçant, un de mes cousins, un fan de voitures de sport qui participait à des courses de rallye. Comme je le craignais, le casse s'est mal passé. Il y a eu des échanges de coups de feu. Un convoyeur a été tué ainsi qu'un des gars. Deux autres ont été arrêtés dont Caillemain.

S'ensuit un silence.

Dans ma tête explosent des bouquets d'images confuses... Un « héros » de film de gangsters incarné par un grand type au crâne rasé et au sourire pervers... Un ballet de personnages faisant feu dans une rue... Un homme jeune, solitaire et paumé, qui ressemble à mon père et qui s'éloigne...

Il reprend la parole :

– Pour terminer, je dois ajouter que mon cousin s'est enfui avec le butin. On ne l'a jamais retrouvé.

Ma mère, une nouvelle fois, vient à sa rescousse.

Elle s'assied à côté de lui sur l'accoudoir du fauteuil et explique :

– Caillemain, reconnu comme le tireur, a été condamné à vingt-cinq ans de prison. L'autre à quatorze. Ton père a été arrêté peu après pour ses activités antérieures dans la bande. Il a été condamné à quatre ans.

Je me liquéfie :

– P'pa, tu as été en prison ?

– Deux ans et demi… avant une libération conditionnelle. J'ai, comme on dit, payé ma dette à la société.

– Ça a été dur ? je demande dans un souffle.

– C'est forcément très dur. La prison a eu au moins deux effets positifs. Premièrement, c'est là que j'ai effectué mon apprentissage d'imprimerie. Il y avait un atelier qui réalisait des documents pour des administrations et des entreprises. Cela m'a aidé à tenir. Et quand je suis sorti, cette petite qualification m'a permis d'être embauché assez vite.

– Et… deuxièmement ?

Son visage s'apaise. Il prend la main de ma mère.

– Deuxièmement, c'est là que j'ai fait la rencontre de ma vie. J'y ai croisé ta mère.

J'ai l'impression d'être parcouru par une décharge électrique. Je me lève d'un bond.

– Toi aussi, m'man, t'as été en taule ?

Elle ne peut s'empêcher de sourire.

– Rassure-toi, Maxime ! Je n'ai jamais eu la moindre condamnation excepté un retrait de permis de conduire pour un stop soi-disant non respecté... Je m'étais pourtant arrêtée et ce bougre de...

– Je sais... Dis-moi plutôt comment tu t'es retrouvée en prison avec papa.

– J'étais à l'époque enseignante volontaire pour aider les détenus qui voulaient poursuivre des études. Ton père préparait un CAP d'imprimerie. Je l'ai épaulé. Plus tard, je l'ai aidé à passer le bac.

– Ça a marché ?

– Quoi, le CAP et le bac ? Il a été reçu sans problème. Pour le reste, entre nous, ça a marché aussi... Tu en es la preuve !

Je les regarde assis l'un à côté de l'autre, main dans la main. Ils sont visiblement soulagés d'avoir vidé devant moi le sac aux secrets. Je sais qu'il me faudra du temps pour accepter tout cela mais j'y parviendrai.

– Ce Caillemain, pourquoi il te cherche ?

– Caillemain a toujours cru que je l'avais doublé avec la complicité de mon cousin, qu'on s'était entendus pour récupérer l'argent du hold-up tout en se débarrassant du reste de la bande. En prison, les messages circulent. Bien qu'il ait été incarcéré dans une autre centrale que la mienne, il m'a fait dire qu'il me retrouverait à sa sortie. Quand j'ai été libéré, j'ai coupé tout lien avec mon ancienne vie. Ta mère et moi nous sommes très vite mariés. J'ai quitté ma région d'origine et changé mon prénom. Je m'aperçois que cela n'a pas été suffisant. Caillemain m'a retrouvé. Maintenant, il veut certainement savoir ce qu'est devenu le magot.

– Il y avait combien ?

– À peu près l'équivalent de deux cent mille euros.

– Waouh ! Et il est où cet argent ?

– Je n'en ai vraiment aucune idée. Je crois que mon cousin est allé le dépenser loin d'ici. Quand j'étais en prison, j'ai reçu de lui une carte du Venezuela. Il semblait très heureux au soleil. C'est immoral… mais c'est comme ça.

– Tu n'as qu'à tout expliquer à Caillemain !

– Il connaît déjà ma version.

Je me frappe soudain le front.

– Au fait, j'avais complètement oublié !

Je fais un aller et retour express dans ma chambre et je reviens avec un exemplaire de *L'Éclaireur du Centre* que je tends à mon père.

– Quand il est venu, Caillemain m'a donné son numéro de téléphone. Il l'a inscrit là. Il a insisté pour que tu l'appelles.

Il prend le journal avec réticence. J'interroge :

– Tu vas lui téléphoner ?

– Pas aujourd'hui. C'est un jour de congé et je le consacre à ma famille. J'appellerai demain.

– Euh… Pour cet après-midi, j'ai proposé à Julie d'aller au ciné…

– File, alors ! Tu as bien besoin de te changer les idées !

L'ARTICLE DE LA MORT

Je quitte le collège de bonne heure, comme chaque vendredi, et je me dépêche de rentrer à la maison. J'ai hâte de savoir si mon père a appelé Caillemain. Alexandre s'essouffle derrière moi en me racontant sa dernière dispute avec Maud. Elle voudrait qu'il fasse de l'équitation avec elle. Il refuse. Elle est contrariée. Elle ne parvient pas à admettre qu'il a peur des chevaux.

– Qu'est-ce que tu en penses ?

S'il connaissait mes préoccupations, il comprendrait que je n'ai pas envie de m'immiscer dans ses affaires de cœur.

Je le laisse devant sa porte avec ses problèmes et je cours affronter les miens. Mon père est assis dans le salon quand j'arrive.

– Alors, papa, comment ça s'est passé ? je lance.

Il feint de ne pas saisir.

Je précise :

– Ton coup de fil à Caillemain ?

– Ah, oui. J'ai appelé. On s'est vus ensuite en ville…

– Et alors ?

– Il a voulu évoquer l'ancien temps. J'ai refusé. Il sait que j'ai rayé de ma mémoire cette période de ma vie.

– Et au sujet du butin ?

– Je m'étais déjà expliqué. Je n'avais rien de plus à dire sur le sujet.

Il ne veut visiblement pas s'appesantir. J'insiste :

– C'est tout ?

Il répond avec réticence :

– Bizarrement, il a été question de toi. J'ai été étonné de l'entendre évoquer tes inventions. Tu lui as fait des confidences ?

– Des confidences ? Bien sûr que non !

– Et comment a-t-il eu connaissance de ce canon à images que tu as présenté au concours de lanternes l'été dernier ?

– Mais j'en sais rien… Je ne lui ai jamais parlé de ça. Ni du reste. Ou alors…

– Ou alors ?

– Il a peut-être vu l'article paru dans *L'Éclaireur*. Ou celui qui se trouve sur Internet.

Tu te rappelles, j'avais envoyé un dossier à *Sciences et Technologies* par l'intermédiaire du collège. Ils avaient même publié notre photo sur leur site.

– Notre photo ?

– Oui, celle où je suis sur la scène avec mon canon à images, entre maman et toi.

Son visage se ferme.

– Tu veux dire qu'il y a une photo de moi qui se balade sur Internet ? Avec mon nom ?

– Avec le mien seulement, papa.

– Ce n'est pas possible ! Comment j'ai pu laisser passer ça ?

Il grimace de dépit.

– Caillemain n'a pas eu de mal à me retrouver ! Il lui a suffi de taper « Rodriguez » dans un moteur de recherche et de fouiller un peu pour me voir apparaître en famille. Si en plus ton collège était cité, j'étais localisé à coup sûr.

Il a l'air navré.

– Alors, c'est ma faute ? je demande d'une voix contrite.

Il se reprend :

– Mais non, Maxime. C'est juste un hasard malheureux.

– Après tout, ce n'est pas très grave puisque tu as arrangé l'affaire ce matin.

– Oui… Tu as raison. Ce n'est pas grave. Ce n'est pas grave du tout.

Je n'aime pas son regard soucieux.

Il se lève.

– Je te rappelle que ta mère et moi sortons ce soir. Je passe la prendre au lycée. Nous rentrerons un peu tard. Tu pourras te débrouiller ?

– T'inquiète, j'ai l'habitude !

Il n'y a pas dix minutes que j'ai commencé mes exercices de maths qu'Alexandre s'annonce. Quand la porte n'est pas fermée à clé, il a l'habitude d'entrer sans sonner et d'appeler du bas de l'escalier. Cette fois, il monte quatre à quatre et se précipite dans ma chambre. Il est surexcité.

– Ça y est !

– Ça y est quoi ?

– J'ai largué Maud comme tu me le conseillais.

– Je ne t'ai jamais conseillé ça !

– Mais si ! Enfin, c'est ce que j'ai compris. Je lui ai envoyé un SMS pour lui dire que c'était terminé. J'ai eu raison, hein ?

– Euh oui, si tu penses que c'est mieux.

– Tu crois ?

– Alex, t'es compliqué comme gars !

Le téléphone qui sonne me délivre. C'est Julie. Elle parle de manière hachée.

Je m'étonne :
– Ça va ? Tu as l'air tout essoufflée.
– Non... J'ai... Il y a un nouveau journal !
– Tu veux dire sur Internet ? De quoi il s'agit ?
– Regarde !
– L'ordi n'est pas allumé. Explique-moi !
– Je... je ne peux pas...
– Mais pourquoi ?
– Je ne peux vraiment pas. J'arrive !

J'ai un sale pressentiment. Je mets en route l'ordinateur.

– Qu'est-ce qui se passe ? demande Alexandre.

– Julie vient de recevoir un mail. Elle l'a ouvert et ça l'a bouleversée.

– Tu ne vas pas me refaire le coup du journal fantôme ?

– Je ne te fais aucun coup, Alex. Et si tu n'as pas envie de voir de quoi il s'agit, tu peux partir !

– Oh, calme-toi ! T'es carrément chauffé à blanc en ce moment.

– Excuse-moi mais j'ai quelques soucis !
– Ah bon ? Tu pourrais peut-être m'en parler.
– Plus tard...

L'ordinateur ronronne. J'ouvre la messagerie. J'ai moi aussi du courrier. Pas d'expéditeur et trois points de suspension en guise d'objet, je m'y attendais ! Mon cœur s'accélère.

Le logiciel de lecture d'images se met en route.

– Il va falloir attendre, j'annonce à Alexandre qui s'est assis sur mon lit.

L'affichage est d'une lenteur désespérante. Je constate sans surprise qu'il s'agit d'une nouvelle une de *L'Éclaireur du Centre*. L'intitulé du journal apparaît progressivement en rouge. On devine plus qu'on ne la lit la date de parution. Samedi.

– Alex, regarde ! C'est le numéro de demain !

Commence à surgir la masse brouillée du titre principal qui, semble-t-il, va barrer la page. Un méga événement ?

Alexandre s'impatiente :

– Qu'est-ce qu'il raconte ton journal ?

– Ça vient !

Les caractères se précisent. Effectivement, un unique article s'étale sur l'ensemble des colonnes.

Les deux carrés grisés qui se forment sont sans doute des photographies.

Alexandre tend le cou vers l'écran.

– Il vient de loin ton journal. Il a l'air tout abîmé.

– C'est de plus en plus net.

– Ah oui, on va pouvoir lire le titre. « Souvigny – Un... »

– Tais-toi !

J'ai hurlé. Ce que je découvre me pétrifie. Je ne veux pas entendre prononcés à voix haute les mots que j'ai maintenant sous les yeux. Les derniers ajustements de l'image sont impitoyables : « Souvigny – Un couple sauvagement assassiné à la Viennoise. » Le reste est illisible. Mais si les photos qui illustrent l'article ont, elles aussi, une faible définition, elles n'en sont pas moins éloquentes. Elles représentent les visages de deux personnes. Elles ont été repiquées d'une photo que je connais bien. Celle qui a été prise au concours de lanternes.

Ces deux visages sont ceux de mes parents.

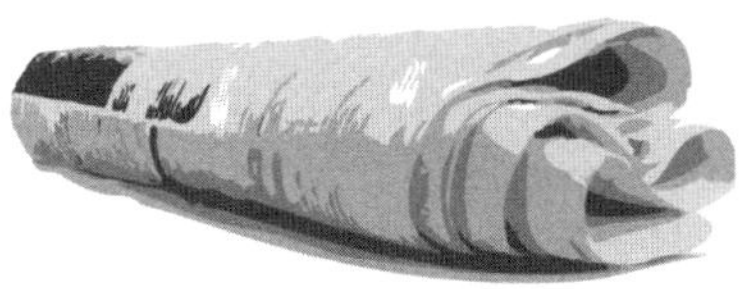

C'EST ÉCRIT?

Je reste assis sur mon lit, incapable de parler, de bouger, de pleurer même. Tout ce qui arrive est ma faute. C'est mon petit orgueil de bricoleur soi-disant génial qui m'a conduit au concours de lanternes. C'est moi qui ai poussé mes parents à être sur la photo. C'est pour satisfaire ma vanité que j'ai voulu ensuite concourir pour le titre de « jeune inventeur de l'année ». C'est tout cela qui a permis à Caillemain de retrouver la trace de mon père ! Et je ne doute pas que c'est ce sale type qui… qui…

Alexandre, à mes côtés, est cloué par la surprise. On sonne. Il descend ouvrir. C'est Julie. Elle a la mine défaite. Elle avise la page de *L'Éclaireur* affichée sur l'écran.

– J'ai compris grâce aux photos. Je les avais vues dans ton sous-sol. C'est affreux !

Je n'ai pas la force de répondre. Je commence à claquer des dents. Alexandre pose sa main sur mon épaule et essaie d'adoucir sa voix :

– Je ne comprends rien à vos histoires. Vous ne pensez quand même pas que tout cela va arriver simplement parce que c'est écrit ? Tu crois sérieusement, Max, que tes parents seront... ?

Il ne prononce pas le mot funeste. C'est Julie qui répond :

– Jusqu'à présent, chaque annonce que nous avons reçue s'est vérifiée...

– Mais, en admettant que « je ne sais qui » parvienne à prévoir « je ne sais quoi », pourquoi ne pas empêcher que ce « je ne sais quoi » arrive ?

– Je t'ai expliqué que les articles de journaux que nous recevons racontent des choses qui se sont déjà déroulées.

– Tu rigoles ? Le journal est daté de demain !

– Mais ce journal est un vrai journal, développe Julie. C'est celui que nous aurons demain matin. Au moment où il nous est envoyé, les événements se sont DÉJÀ produits.

Alexandre ne lâche pas prise.

– Excuse-moi, je ne saisis toujours pas. Si ce qui se passera ce soir n'est pas encore arrivé, pourquoi on ne pourrait pas intervenir ? C'est interdit par quel règlement ?

Julie poursuit avec patience :

– Prends l'exemple de Maxime. Il a été prévenu qu'un incendie allait faire une victime. Il s'est précipité pour l'éviter. Il a cru un moment qu'il avait réussi. En fait, il y a bien eu un mort.

– L'incendie était annoncé ? C'est vrai, Max, tu n'étais pas là-bas par hasard ?

J'acquiesce d'un hochement de tête. Il se tait trois secondes puis affirme brutalement :

– Je suis dans une réunion de cinglés !

Il se lève, se place devant moi et me prend par le col, me forçant à me lever à mon tour.

– Écoute-moi bien, Max, tu n'arriveras pas à me faire croire qu'il est impossible de changer ce qui n'est pas encore arrivé. Tu dois réagir !

Il me secoue comme pour remettre mes idées en place. D'une certaine manière, il parvient à ses fins. Je retrouve une élocution presque normale :

– Mais qu'est-ce que je peux faire ? Je ne sais même pas où sont mes parents.

– Ils n'ont pas de téléphone portable ?

– Jamais quand ils sortent tous les deux.

– Ils ont déjà été menacés ? Ils sont mêlés à des affaires louches ? Tu m'as bien parlé d'un type qui surveillait ta maison, non ?

Je lève les yeux sur Alexandre, presque surpris. Ses questions en rafale m'obligent à mettre un peu d'ordre dans mes idées.

– Il se pourrait qu'il y ait quelque chose.

– Raconte !

– Je ne suis pas sûr que ce soit une bonne idée.

– Raconte, je te dis.

Je relate donc les grandes lignes du passé de mon père. Julie et Alexandre m'écoutent, bouche bée. Ni l'un ni l'autre n'osent de commentaire.

– Vous croyez que l'article de journal a un rapport avec Caillemain ? j'interroge en conclusion.

Alexandre prend la parole avec une autorité qui m'impressionne :

– Si Caillemain croit que ton père a mis la main sur le butin, il imagine peut-être qu'il reste de l'argent à récupérer. Et il a sûrement envie de se venger. On a déjà un mobile. On sait aussi qu'il n'hésite pas à utiliser la violence. À mon avis, il faut prévenir les flics !

– Tu me vois débarquer à la gendarmerie en disant que j'ai appris que mes parents allaient être assassinés ce soir « à la Viennoise » ? Sans pouvoir préciser l'heure, ni l'endroit, ni l'origine de mon info ? D'abord, qu'est-ce que c'est qu'un assassinat « à la Viennoise » ?

– Aucune idée, répond Alexandre. Pourtant, c'est un point qui mérite d'être étudié.

– Tu parles ! je rétorque.

– Excuse-moi, Max, mais cette expression vient peut-être de la manière dont les gangsters de la ville de Vienne ont pris l'habitude d'exécuter leurs victimes. Par exemple, si c'est en les noyant, on peut supposer que le crime annoncé par le journal aura lieu au bord de la rivière. Si c'est en les jetant dans le vide, il faudra voir du côté des carrières ou, à la rigueur, dans les ruines du donjon de Bonnevaux. Tu saisis ?

Il m'époustoufle. Un véritable enquêteur dans la lignée de son père ! Il parviendrait presque à me donner de l'espoir.

– Si on cherchait d'autres pistes sur Internet ? je propose.

Julie me coupe :

– Pas la peine ! Il suffit de demander à celui qui a utilisé la formule.

Je la regarde, interloqué, prêt à railler une idée aussi absurde.

Alexandre me précède :

– Mais tu sais que t'es géniale ?

Je n'ai toujours pas compris. Alexandre laisse Julie expliquer :

– Eh bien oui ! Dans quelques heures un journaliste, qui ne sait actuellement rien de ce qui va se passer, écrira l'article que nous avons reçu. Il est probable qu'il connaît déjà la signification de cette expression. Il suffit de la lui demander.

J'en reste baba.

– Allez, remue-toi... Il est plus de sept heures. Tu sais comment joindre Vincent Belleville ?

– J'ai sa carte quelque part... je bredouille.

Julie accepte d'appeler le journaliste car je m'en sens incapable. Je mets le haut-parleur pour suivre l'échange. Malheureusement, on n'obtient que le répondeur.

– Laisse un message, propose Alexandre. S'il est dans le bureau, il l'entendra. S'il est intéressé, il répondra peut-être.

Julie s'exécute :

– Bonjour monsieur Belleville. Ici, c'est Julie Chanterelle, la baby-sitter des Romesco. Nous nous sommes rencontrés il y a trois jours. J'aimerais vous parler de mon aventure et...

Miracle, on décroche.

– Bonjour mademoiselle ! Qu'est-ce qui me vaut cette proposition tardive ?

– J'ai une question à vous poser.

– En rapport avec l'incendie de la maison des Espingliers ?

– D'une certaine manière ! Et en rapport avec vous aussi.

– Ah bon ? Te voilà bien mystérieuse...

Elle ne le laisse pas faire son numéro de charme et lance sans précaution :

– Si je vous dis que quelqu'un a été assassiné « à la Viennoise », qu'est-ce que ça signifie pour vous ?

– C'est une blague ou quoi ? lance l'autre.

– Pas du tout. Votre réponse pourrait déboucher sur des révélations très importantes.

– Écoute, petite, j'ai vraiment l'impression que tu te moques de moi, alors…

– Non, je vous en prie. C'est très sérieux. Je dirais même que c'est une question de vie ou de mort.

Le ton implorant de Julie ne devrait pas le laisser indifférent.

Effectivement, Belleville se laisse fléchir. Il soupire :

– Un assassinat à la Viennoise ? Si c'est une recette de truands pour accommoder leurs victimes, je n'en connais pas la teneur. En revanche, sur un plan géographique, et comme habitant de Souvigny, j'avancerais l'hypothèse que c'est un assassinat qui s'est déroulé non loin du carrefour des routes de Blois et de Chartres.

– Quoi ?

– Un peu après la sortie de la ville, sur la droite, il y a une ancienne biscuiterie qui a été construite après la guerre de 14. Elle fabriquait des gâteaux de la marque *La Viennoise*, c'est pourquoi certains appellent encore le lieu ainsi. L'usine a fermé dans les années cinquante. Il ne reste pas grand-chose des bâtiments, j'imagine ! Voilà, c'est tout ce que je peux dire. Ça te va ?

Nous sommes stupéfaits. Julie raccroche sans plus de politesse.

Cette fois, c'est moi qui réagis :

– Incroyable ! On sait où ça va se passer, vous vous rendez compte ? On le sait ! Un lieu paumé… Un lieu pour une exécution. On fait comme Alex a dit. On y va. On trouvera sur place un moyen de tout arrêter. Je suis sûr qu'on peut le faire. Sûr et certain !

Je suis effrayé, au moins autant que les deux autres, par ma fébrilité. Julie essaie de me calmer :

– Je crois qu'il faut d'abord prévenir les gendarmes.

– Oui, tu as raison. Mais est-ce qu'ils vont nous croire ? Et combien de temps ils vont mettre pour réagir ? Ça urge ! Il faut y aller. MAINTENANT !

Alexandre se dresse au milieu de la pièce.

– Pour les gendarmes, je sais quoi faire. Max, tu m'attends ici. Je reviens le plus vite possible. Surtout, tu ne bouges pas. Promis ?

Je promets. Alexandre s'éclipse. Dès qu'il a disparu, j'annonce à Julie mes intentions :

– Je file là-bas en VTT. En passant par les chemins des marais, il n'y en a pas pour longtemps. Je vais repérer les lieux et me planquer.

– Mais Alexandre a dit…

– Alex dit ce qu'il veut. Tu n'imagines pas que je vais attendre à ne rien faire alors que mes parents sont en danger ? Tu lui expliqueras.

– Pas question ! J'ai mon vélo dehors. Je viens avec toi.

– Tu…

– Tais-toi et roule !

PANIQUE AU CLAIR DE LUNE

Il n'a pas été difficile de repérer l'emplacement de la Viennoise. Une allée autrefois goudronnée, à peu près complètement défoncée aujourd'hui, y conduit à travers un bois situé près de la route nationale. Après avoir dissimulé nos vélos, nous nous approchons avec précaution.

Très vite, le rideau touffu de la végétation nous isole des bruits de la circulation. L'ombre du soir gagne. Dans ce quasi-silence l'angoisse m'étreint de nouveau. Mon cœur tambourine à tout va quand l'ancienne usine se profile. Un demi-siècle d'abandon a permis à la nature de reprendre ses droits. La cour, elle aussi, est en piteux état.

Il ne subsiste des bâtiments qu'un squelette de poutres métalliques qui retiennent à grand-peine les derniers fragments de murs et de toits envahis par les ronces.

J'explore du regard les alentours. Il n'y a personne. Je me sens soulagé. Étonné aussi.

– On se demande comment un type étranger à la ville comme Caillemain peut échouer ici.

– Il est sans doute venu en repérage, chuchote Julie. C'est vraiment désert. Parfait pour... un... un rendez-vous secret.

– Comme tu dis...

Nous nous postons derrière les ruines du mur de ciment qui ceinturait autrefois l'usine, assis sur d'inconfortables parpaings. Nous avons en ligne de mire tout l'établissement.

– Et maintenant, qu'est-ce qu'on fait? poursuit Julie à voix basse.

– On attend!

Mon programme est bien mince. Je ne doute pas que Caillemain va finir par apparaître avec mes parents et je suis d'avance épouvanté par ce que je vais affronter. Si les gendarmes n'arrivent pas à temps, qu'est-ce que je vais bien pouvoir opposer à un bandit sans doute muni d'une arme et prêt à s'en servir? J'aurais peut-être dû écouter Alexandre.

– Ça va? demande Julie.

– Si tu savais la frousse que j'ai!

– Moi aussi... C'est monstrueux!

La nuit qui s'installe sur les bâtiments morts à peine éclairés par un mince croissant de lune ne fait rien pour chasser nos frayeurs.

– Et si Belleville s'était trompé ? s'inquiète Julie. Ou si les infos du journal étaient inexactes ?

– Chut !

Je viens d'apercevoir à travers les arbres une lumière de phares. Je reconnais au premier coup d'œil la Twingo verte de ma mère quand elle débouche du chemin. Elle roule à petite vitesse puis s'immobilise au milieu de la cour. Une larme de sueur coule lentement dans mon dos.

Une seconde automobile vient se ranger à côté de la première. Elle aussi je la connais. C'est la Volkswagen blanche que j'ai aperçue plusieurs fois devant la maison.

Les moteurs se taisent mais les phares demeurent allumés. La portière arrière de la Twingo s'ouvre et un homme sort. Il se dresse dans la pénombre. C'est Caillemain !

Le conducteur de la Volkswagen le rejoint. Sa silhouette d'homme petit et rond m'est inconnue. D'un geste du bras, Caillemain exige que le conducteur et la passagère de la Twingo sortent. Je comprends qu'il les menace de son arme.

Bien que je m'attende à les voir, je ne peux m'empêcher de sursauter quand mes parents apparaissent dans le faisceau de lumière.

Ils se tiennent par la main, éprouvés, les épaules basses. Je frissonne. Julie saisit ma main et la serre jusqu'à me faire mal.

Des bribes de conversation parviennent jusqu'à nous. Le complice de Caillemain paraît énervé. Il a, lui aussi, sorti une arme et il la pointe sur mon père d'un geste agressif.

– Dix ans en cabane par ta faute avant qu'on me relâche... pour bonne conduite ! hurle-t-il. Et la Caille, c'est vingt ans qu'il y a passés ! Et tu ne ferais rien pour nous consoler ? Tu crois pas que ce serait juste qu'on touche enfin nos indemnités de mise au placard ? Tu vas bien finir par avouer ce qu'est devenu l'argent. Je suis sûr que tu n'as pas tout dépensé. Prudent comme t'étais, tu as dû prendre des dispositions. T'as placé ? T'as investi ?

Je n'entends pas la réponse de mon père mais, manifestement, elle ne convient pas.

– Si tu refuses de collaborer, reprend le type, je n'hésiterai pas à utiliser la manière forte. Et quand on en aura terminé avec vous, on vous creusera une belle tombe au fin fond de la forêt. Personne ne vous retrouvera jamais...

Il promène son pistolet à proximité du visage de ma mère dont je devine le regard terrifié. Je me recroqueville, je me mords les lèvres pour ne pas hurler.

Julie se penche vers moi et murmure :

– Il faut faire quelque chose !

Je hausse les épaules d'impuissance.

– Il faudrait gagner du temps, poursuit-elle. Les gendarmes vont arriver !

Gagner du temps ? Je me redresse et regarde de nouveau la scène. Le ton a baissé. C'est Caillemain qui parle tandis que l'autre continue à gesticuler.

– J'ai mon portable, glisse Julie. Appelle Alexandre et dis-lui d'accélérer le mouvement.

Elle me tend son combiné.

– Alors ? insiste-t-elle en me secouant par la manche.

Alors... il me vient une idée. Une idée insensée en apparence. Une idée qui me permet aussi de retrouver un semblant d'énergie :

– Ce n'est pas à Alex qu'il faut téléphoner. C'est à Caillemain !

– Tu es fou ?

Elle s'interrompt un instant avant d'enchaîner :

– Après tout, ce n'est pas si bête. Tu as son numéro ?

– Attends... Il faut que je me le rappelle.

J'ai la chance d'allier une bonne mémoire visuelle à un goût prononcé pour les chiffres. J'ai lu à plusieurs reprises le numéro que Caillemain a inscrit dans la marge de *L'Éclaireur*. Je tente de le reconstituer. D'abord 06, évidemment... Puis le 18, jour de mon anniversaire... Ensuite ? Ensuite... c'est le numéro du département où nous allons en vacances.

– Tu t'en souviens ? interroge Julie qui observe mes grimaces d'effort.

– Et l'année inscrite au-dessus de la porte de la mairie ! Ça y est !

– Vite !

Je compose le numéro, le souffle court, le cœur battant.

Pourvu qu'il ait laissé son téléphone portable branché !

Cinq secondes après, une sonnerie claironne quelque part dans le groupe. Caillemain fouille dans ses poches.

Un « Allô ? » étonné retentit à mon oreille. J'ai la gorge nouée. Je ne vais pas pouvoir répondre.

– Qui est à l'appareil ? s'impatiente Caillemain.

Julie me presse du geste. Je me lance. Je chuchote plus que je ne parle, ce qui, ajouté aux tremblements de l'émotion, me donne une élocution étrange :

– Monsieur Caillemain… vous avez les gendarmes aux fesses !

Ce n'est pas original mais ma cervelle est trop cahotante pour délivrer des arguments bien pensés. Celui-là produit quand même son effet. Caillemain étire son cou dans toutes les directions.

– Qu'est-ce qui se passe ? s'inquiète l'autre.
– Paraît qu'on est filés par les flics.
– Tu rigoles ?

J'écoute l'échange entre les deux hommes dans le combiné.

– T'es qui ? reprend Caillemain.

J'hésite un instant puis lance dans un souffle :

– Je suis... ton pire cauchemar !

J'ignore où j'ai été chercher la formule. Elle ébranle en tout cas Caillemain. Il se désintéresse de ses prisonniers et tourne sur lui-même, le pistolet pointé vers les ombres qui le cernent. Il s'immobilise soudain, baisse son bras. Je constate qu'il a mis fin à la communication. Je coupe à mon tour.

– Au moins, tu l'as déstabilisé ! commente Julie. Il doit se demander ce qui se passe.

Je suis interrompu par une vibration sonore qui m'ébranle. C'est le portable de Julie. Je réagis trop tard. Caillemain, qui a rappelé son dernier interlocuteur, a pu localiser le lieu où son appel a retenti. Sans nous voir encore, il approche et s'exclame :

– Je ne sais pas comment tu m'as repéré, petit, mais je te conseille de sortir avant que je ne t'arrose de plomb !

Comment sait-il que c'est moi ? Il se souvient sans doute qu'il m'a donné son numéro... Je n'ai pas le temps de m'interroger davantage.

Un claquement troue le silence, comme un coup de fouet. Un second, plus proche, accompagné d'un choc au sommet du mur derrière lequel nous nous trouvons, fait jaillir une gerbe d'éclats de ciment. Ce dingue est en train de tirer sur nous !

– C'est bon ! je hurle. Du calme ! Je sors.

En même temps, je fais signe à Julie de ne pas bouger. Je confirme :

– Je viens mais ne tirez plus !

Ma mère, qui a compris que c'est moi qui parle, crie. Mon père s'est dressé dans la lumière des phares et il lance de toutes ses forces :

– Sauve-toi, Maxime ! Sauve-toi !

– N'y va pas ! conseille Julie entre ses dents en s'accrochant à ma jambe.

– Mais ils vont s'en prendre à mes parents !

Je suis dans un tourbillon en folie. Je lutte pour me dégager de l'emprise de Julie tout en annonçant :

– J'arrive, m'sieur... Ne nous faites pas de mal !

– Tu te dépêches ? gronde Caillemain. Je commence à en avoir assez !

Je parviens à me libérer et me mets à enjamber les éboulis qui encombrent la brèche du mur quand, tout à coup, je suis assommé par une voix énorme tombée du ciel :

– Que personne ne bouge, c'est la police ! Vous êtes cernés !

Je crois chavirer de soulagement. J'ai reconnu instantanément celui qui parle. C'est le père d'Alexandre. Il doit utiliser le mégaphone que j'ai souvent vu sur la banquette de sa voiture. Cela fait un effet terrible en pleine nuit dans cette clairière.

L'instant de stupeur passé, les deux truands se précipitent l'arme au poing vers les voitures derrière lesquelles ils se cachent.

J'ai le temps d'apercevoir mes parents s'enfuir à toutes jambes vers des bosquets dans lesquels ils trouvent refuge. Ils n'ont pas cessé de se tenir la main. Je m'écroule sur le rugueux tapis de gravats, vidé, trempé de sueur, le souffle court. C'est fini ?

L'arrivée, toutes sirènes hurlantes, de trois voitures de la gendarmerie annonce que l'issue est proche. Julie me rejoint et me tire par l'épaule.

– Viens te mettre à l'abri. Ce n'est plus le moment de jouer au héros.

Caillemain et son complice ne résistent pas longtemps aux injonctions des gendarmes. Ils se rendent. Je me précipite vers mes parents pour savourer dans leurs bras la fin du cauchemar. Je me laisse aller longuement aux effusions.

En même temps, je ne peux empêcher une petite voix intérieure de me souffler que tout ce que j'ai vécu ces derniers temps a été préparé pour que j'en arrive exactement là où j'en suis ce soir. Je renvoie à plus tard l'examen de cette révélation.

Dans l'estafette de la gendarmerie qui nous emmène au poste, mon père explique qu'il avait eu l'intention de faire à ma mère la surprise d'une soirée au *Fourneau Royal*, le meilleur restaurant de la région. Il était à peine garé dans le parking que Caillemain, armé d'un pistolet, avait ouvert la portière et s'était installé sur la banquette arrière. D'évidence, il avait pisté mes parents depuis la maison avec son complice. Les menaçant, il les avait conduits jusqu'à la Viennoise.

J'ai de nouveau affaire au gendarme qui m'a interrogé à la maison et, une fois encore, j'ai beaucoup de mal à justifier ma présence sur les lieux.

Lorsque j'évoque les messages reçus par Internet, il soupire. Et quand Julie les mentionne à son tour, je crains qu'il ne se fâche. Il est tard. Le gendarme préfère reporter la conversation au lendemain.

Il passera me voir dans la matinée pour, comme il dit, « remettre les pendules à l'heure ». Sur la question de l'horodatage des mails, ce ne sera pas une mince affaire !

Pendant que mes parents terminent leur déposition, je retrouve Alexandre. Je l'écrase sous les compliments :

– T'as été super ! Mais comment tu as réussi à convaincre les gendarmes ?

– Facile ! J'ai d'abord rejoint mon père. Il était à une fête de l'amicale des personnels de la commune et ça a été un peu long pour le retrouver. Mais quand je lui ai annoncé que tes parents avaient été enlevés par des gangsters et qu'ils étaient prisonniers dans l'ancienne usine, il a réagi au quart de tour.

– Il n'a rien demandé de plus ?

– Mon air affolé a dû suffire. Et tu veux que je te dise ? J'ai l'impression qu'il savait quelque chose sur le passé de ton père. On a sauté dans la voiture et on a foncé à la Viennoise. En cours de route, il a appelé les gendarmes. Crois-moi, il les a convaincus de se remuer ! Avant d'arriver, il m'a laissé sur le bord du chemin pour me protéger de la bagarre et il est parti en éclaireur.

– Il a surgi au bon moment. Cinq minutes de plus, je crois bien que le pire serait arrivé…

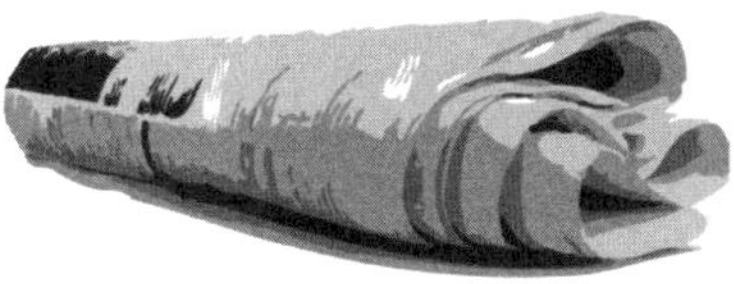

NUMÉROS GAGNANTS

Mes parents ont bien fait les choses. Afin de remercier ceux qui ont permis leur sauvetage, ils ont organisé un repas dans notre jardin. Pour ma mère, c'est méritoire, elle qui pratique ordinairement la cuisine de conserves et de plats surgelés. Sont présents M. et Mme Ventura accompagnés bien sûr d'Alexandre. Il y a aussi Julie avec ses deux jeunes frères et ses parents dont j'ai fait la connaissance dans les locaux de la gendarmerie le fameux soir.

Mon père s'active au-dessus du barbecue qui inonde le quartier avec des odeurs épaisses de viande grillée. Les conversations vont bon train. Alexandre, Julie et moi discutons en aparté.

– Vous en êtes où avec les gendarmes ? s'enquiert Alexandre.

– C'est compliqué ! Ils ont récupéré les unes que Julie et moi avons reçues. Ils pensent que j'aurais bidouillé les dates et les horaires et que j'aurais convaincu Julie de confirmer ma version.

– Mais comment ils expliquent que vous ayez été prévenus de ce qui allait se passer ?

– Pour la maison des Romesco, ils restent persuadés que j'étais là par hasard. D'ailleurs, c'est ce que dit ma déposition.

– Et pour l'enlèvement de tes parents ?

– Là, ils ne contestent pas que nous avons été informés. Bizarrement, ils veulent savoir si j'ai eu des contacts avec un certain Martial Kovalev. Ils sont en ce moment sur sa piste. C'est un hacker célèbre. Il a été arrêté après avoir pénétré dans les systèmes informatiques de l'une des plus grandes compagnies d'assurances. Il a fait de la prison. Or, avant d'être libéré, il a passé un moment dans la cellule de Caillemain. Les gendarmes se demandent s'il n'aurait pas eu vent des projets concernant mon père et s'il n'a pas cherché à nous avertir tout en restant anonyme.

– Nous savons bien que c'est une fausse piste, se croit obligé de rappeler Alexandre. Mais c'est quand même curieux que vous n'ayez retrouvé ni l'un ni l'autre la page de *L'Éclaireur* qui annonçait le meurtre de tes parents, Maxime !

– Malheureusement, on n'a pas pensé à l'imprimer. Il faut dire que, ce soir-là, on avait la tête ailleurs ! Les gendarmes qui sont venus à la maison le lendemain matin n'ont pas été déçus quand j'ai ouvert le fichier de LA pièce à conviction et qu'ils ont découvert sur l'écran… une page blanche.

Julie approuve :

– Chez moi, c'était pareil.

Nous sommes interrompus par M. Ventura qui me prend à part :

– Tu vas bien, Maxime ? Pas trop secoué ?

– Non, ça va ! Vous avez fait ce qu'il fallait pour que tout se termine bien !

– C'est mon job, mon garçon ! En tout cas, je suis content de constater que tu es de nouveau bien dans ta tête.

Il prend d'un coup un air embarrassé :

– Il faut que je te dise quelque chose…

Il hésite un instant avant de reprendre :

– J'ai appris hier que l'automobiliste qui a renversé le pauvre Ludovic Moigne a été arrêté à Étampes.

– C'est vrai ?

– Il avait un taux d'alcoolémie élevé. Il conduisait une Audi de couleur claire, immatriculée dans le 92. Mes collègues ont fait aussitôt le rapprochement et ont poussé leurs investigations.

– Du genre recherche d'ADN ?

– Même pas ! Le capot, la calandre avant et un phare avaient été récemment changés. En plus, le conducteur était à Souvigny peu avant l'accident comme en témoigne son retrait d'argent dans un distributeur. Le gars a avoué. L'affaire a été bouclée hier.

Je hoche la tête mécaniquement. J'avais cru qu'une telle nouvelle me ferait du bien. Elle me laisse plutôt indifférent. Ludo est mort à cause d'un chauffard et cela ne mérite pas plus de commentaire.

Julie, Alexandre et moi avons fini par fuir l'interminable garden-party. Nous nous sommes réfugiés dans ma chambre avec une pleine assiette de choux à la crème à laquelle Alexandre fait honneur.

– Mais dis donc, Max, lance-t-il tout en se régalant, si celui qui s'est branché sur ta messagerie et celle de Julie a voulu empêcher l'assassinat de tes parents, c'est qu'il savait qu'il aurait lieu. Il est devin ou quoi ?

– Je suis bien incapable de dire où et comment il va piocher ses infos.

– Et tu pourrais m'expliquer pourquoi il a choisi des unes de journaux ? Il aurait pu vous envoyer un mail : « Salut, je suis le mage Brindezingue, j'ai le moyen de voir ce qui se passe dans le futur et ce que j'ai à vous dire n'est pas très folichon et bla bla bla… » Il aurait gagné du temps !

– J'y ai souvent réfléchi et je ne comprends toujours pas. Peut-êtrc a-t-il pensé qu'on le prendrait pour un fou. Peut-être a-t-il voulu faire une expérience et nous a-t-il choisis comme cobayes. En tout cas, je crois qu'il ne peut pas transmettre n'importe quoi. Il faut peut-être que l'objet ait vraiment existé dans le passé. C'est le cas des journaux. Il leur a juste permis de faire des petits bonds dans le temps, les faisant apparaître la veille de leur publication.

– Il s'est « juste » arrangé pour qu'on reçoive quelque chose QUI N'EXISTE PAS ENCORE ! résume Julie sur un ton ironique. C'est curieux, on dirait que tu trouves ça « juste » naturel.

– Je vous montrerai un article de *Sciences et Technologies* qui décrit ces sauts temporels auxquels les physiciens ont déjà soumis certaines particules…

– Cela voudrait dire que le type est un savant ? avance Julie.

– Ça me paraît évident, je confirme tout en allumant l'ordinateur. Le type maîtrise des techniques incroyables. Pourtant, il n'a pas encore complètement dominé son invention. Son réseau n'absorbe que ce qui est le plus lisible, les titres, les gros caractères…

– Et des photos aussi, nuance Julie. Tu lui mettras « Peut mieux faire ! » sur sa copie la prochaine fois ! En attendant, tu m'expliqueras peut-être pourquoi j'ai eu également droit à ces envois ?

– Vraiment, je n'en sais rien.

– Enfin une chose sur laquelle tu sèches ! triomphe Alexandre.

Je lance Internet. Ma boîte de réception est vide. Mon mystérieux correspondant n'a plus besoin de communiquer. Je n'en suis pas fâché.

Je vais alors chercher le dernier message reçu. Le logiciel ronronne un instant et nous voyons tous les trois apparaître une grande page blanche.

– Tu peux vérifier, Alex : zéro octet. Ma une s'est envolée ! C'était pourtant le seul document qui aurait pu convaincre que nous avons raison. Mais j'ai une explication sur cette disparition. Le journal annonçait un événement qui, pour les gens du futur, s'était déjà déroulé. En empêchant que mes parents soient tués, nous avons modifié les choses. L'info ne pouvait donc plus exister. C'est sans doute pour ça qu'elle s'est effacée du réel !

– Tu es sûr ? lance Julie, incrédule. Tu crois vraiment qu'on a changé l'avenir ? Tu prétendais que c'était impossible !

– Sur ce point-là, je me trompais. C'est Alex qui avait raison.

– Ça me fait frissonner partout rien que d'y penser !

Je place côte à côte sur l'écran toutes les unes que j'ai reçues. Quatre témoins d'une incroyable aventure :

– La mort de Ludo… Le sabotage de la voie de chemin de fer… L'incendie des Espingliers… Et la page blanche du crime de la Viennoise. Quelle affaire, hein ?

– Tu m'en feras une copie pour mes archives ? demande Alexandre. Ce sera une sacrée histoire à raconter plus tard !

– Tu es sérieux ?

Il l'est. Je contemple l'écran de nouveau. C'est sûr que ces images qui ont remonté le temps constituent un vrai document historique. Mon regard est alors attiré par une traînée sombre en bordure de la première une. Celle qui relate l'accident de Ludo. Je crois d'abord à une salissure de l'écran mais je me ravise. Mon cœur s'accélère. J'agrandis, la bouche sèche. J'agrandis encore. Et là, une série de chiffres écrits manuellement apparaît.

– Qu'est-ce que tu as ? s'inquiète Alexandre en me voyant statufié.

Je bafouille :

– Là… Je…

À tâtons, sans cesser de fixer l'ordinateur, je fouille parmi les journaux conservés dans un rayonnage voisin. Au-dessus de la pile il y a, je le sais, un exemplaire particulier de *L'Éclaireur*. Je m'en saisis. J'y jette un coup d'œil par acquit de conscience mais je connais la réponse.

Les dix chiffres qui figurent sur le journal sont les mêmes que ceux qui apparaissent à l'écran. Les écritures sont identiques. C'est le numéro de portable que Caillemain a inscrit le jour de notre première rencontre. Cette version papier de *L'Éclaireur*, MON journal, est donc celle qui a servi pour faire la copie numérique que j'ai trouvée dans ma boîte mail et qui s'étale actuellement sur l'écran. Une copie qui vient du futur !

Je me lève et descends l'escalier comme un automate. Je traverse le jardin, hagard. Quand je pousse le portail, j'entends à peine ma mère m'appeler.

– Besoin d'aller respirer ! je parviens à lui lancer d'une voix tremblante.

HIER ET DEMAIN

Je marche au hasard, sans conscience du temps qui passe, indifférent aux personnes que je croise.

Je traverse la ville dans une espèce de tunnel. Je perçois les échos d'une voix lointaine et, dans les moments de lucidité, je me rends compte que c'est moi qui parle. Peut-être ai-je sombré dans la folie.

Je suis en colère après mon cerveau. Je sens que la réconciliation va être difficile. Pourtant, d'habitude, je fais bon ménage avec lui. Il m'aide à résoudre les problèmes, à comprendre le monde. Il aurait dû me montrer l'évidence dès le début. Mais là, il m'a carrément fait faux bond.

Je suis peut-être injuste. Il est possible qu'il ait pris des précautions. Qu'il ait voulu m'éviter d'affronter la vérité avec trop de brutalité, me donner le temps de m'y préparer.

Je marche dans le tunnel. Il est interminable. Je devine dans le lointain un cercle de lumière. La sortie ? Pourquoi recule-t-elle au fur et à mesure que j'avance ? « C'est normal, dit mon cerveau, tu ne peux pas accepter d'être là-bas et ici en même temps. TU NE PEUX PAS ! »

Je ralentis le pas. Je vais devoir ramener à la surface tout ce qui bouillonne au plus profond de moi. Mon cerveau m'assure qu'il est prêt. Lui faire confiance ?

– Hé, Max, ça va ?

Une voix inquiète et une main qui secoue mon épaule me sortent de l'état de somnambulisme dans lequel j'étais plongé. Je regarde autour de moi.

Hébété, je constate que je suis dans la cour délabrée de la Viennoise. Qu'est-ce que je fais là ? J'ai parcouru au moins deux kilomètres sans m'en apercevoir. Dans mon champ de vision encore rétréci apparaît le visage interrogateur d'Alexandre.

– Oh, Max ? Tu me reconnais ?

– Ben oui, Alex… je réponds d'une petite voix. Pourquoi ?

– On te suit depuis que tu es parti de chez toi. Tu marches comme un zombie, tu ne nous entends pas, tu parles tout seul. Et tu es pâle comme une endive !

Je tourne la tête. Julie est là aussi, qui me regarde avec un air inquiet.

– Qu'est-ce qui se passe, Maxime ?

Je me sens très fatigué. Je m'assieds par terre. Alex et Julie font de même. Ils respectent la plage de silence que je leur impose, le temps de me ressaisir. Julie finit par supplier :

– Dis quelque chose.

Je sais qu'il va falloir que je m'explique. Est-ce que je vais y parvenir ? Allez, si je commence à tirer le fil, toute la pelote va suivre.

– C'est l'histoire d'un garçon…

J'ai l'impression de parler avec de la sciure dans la bouche.

– … un garçon qui, sans le vouloir, a permis à des truands de retrouver la trace de son père auquel ils voulaient régler son compte.

– Pourquoi tu racontes ta propre histoire ? s'étonne Alexandre.

– Laisse-moi continuer ! Les truands ont fait ce qu'ils avaient décidé. Ou peut-être qu'ils ont dérapé. En tout cas, ils ont tué la mère et le père du garçon. Ici même…

– Mais… avance Julie.

Je la coupe elle aussi :

– Vous imaginez ce qui se passe dans la tête du garçon qui a causé la mort de ses parents ? À partir de ce moment-là, il n'y a pas un jour où il ne pense à leur assassinat. Il se demande ce qu'il aurait dû faire pour empêcher que cela n'arrive !

Je poursuis sous le regard médusé de mes amis.

– Il se trouve que ce garçon est passionné par les sciences, l'électronique, l'informatique. Il devient ingénieur, ou prof à l'université, ou chercheur dans un labo. Et vous savez sur quoi vont porter ses travaux ? Sur les moyens de remonter le temps. Il veut que la scène de la mort de ses parents soit rejouée. Il veut qu'elle se termine autrement !

Cette fois, je ne peux empêcher mes copains de réagir. Ils se lèvent dans un même mouvement.

– Le garçon dont tu parles, c'est toi ? lance Julie, interloquée.

– Tu veux nous faire croire que tu as déjà vécu cette histoire ? renchérit Alexandre.

– Arrêtez de me regarder comme si j'étais un extraterrestre ! Ce qui est sûr, c'est que le garçon, devenu adulte, a trouvé un système permettant d'envoyer des messages dans le passé en entrant dans les réseaux Internet. Ne me demandez pas comment il a fait, il lui a fallu sans doute une vie entière pour mettre ce système au point. Il a alors expédié les unes successives des journaux qu'il avait conservés de l'époque du meurtre de ses parents. Celles-ci devaient prouver à ses correspondants que les événements décrits allaient réellement se produire. Et les inciter à agir quand l'assassinat serait annoncé.

Il y a un grand blanc dans la conversation. Julie et Alexandre ont visiblement beaucoup de mal à accepter mes explications. Je les comprends. Je me lève à mon tour et poursuis :

– Et qui était le mieux placé pour intervenir ?

– Lui, évidemment ! Lui quand il était jeune ! s'écrie Alexandre en chassant avec difficulté le chat qui lui obstrue la gorge. IL T'A CHOISI !

Il se tait un instant avant de se reprendre :

– Mais c'est impossible ! Tu ne peux pas être à la fois ici et ailleurs !

– Je te ferai remarquer que tu dois l'être aussi, du même coup, je réplique.

– Tu en es sûr ? demande Julie timidement.

– Tout à l'heure, dans ma chambre, je me suis aperçu que sur la une d'un journal reçu par mail, celle qui parlait de la mort de Ludo, il y avait une inscription absolument identique à celle qui a été écrite sur l'exemplaire arrivé par la poste. C'est ce numéro-là de *L'Éclaireur*, et pas un autre, que Maxime adulte a utilisé ! C'est un seul et même numéro... celui qui est en ce moment sur mon bureau !

Et il me l'a envoyé aussi, constate Julie. Mais pourquoi à moi ?

– Faut croire que Max le savant a également fait ta connaissance dans son monde, explique Alexandre avec un air malicieux. Faut croire qu'il t'a accordé sa confiance. Faut croire qu'il est devenu quelqu'un de très proche de toi. Dis-toi que tu es entrée dans son existence, ma belle !

Gêné, je jette un regard en coin vers Julie. Elle est devenue écarlate et son menton s'est mis à trembler.

– Et qu'est-ce qui se passe pour Maxime adulte, maintenant qu'on a changé son passé ? interroge Alexandre.

– Je suppose qu'il continue comme avant, je réponds.

– Et nous alors, qu'est-ce qu'on va devenir ?

– Ben... Euh... On vivra un futur différent du sien, et puis c'est tout. Ça se tient, non ?

Ils font tous les deux un signe évasif de la main pour signifier que c'est au-delà de leur compréhension. Ça me dépasse moi aussi, évidemment.

– Tu crois que Maxime adulte sait que son expérience a réussi ? me demande Julie.

– Je ne vois pas comment il pourrait être renseigné. Mais, au moins, il a tenté quelque chose et, là où il est, ça doit sûrement lui faire du bien.

Chacun hoche la tête.

– J'ai une idée, clame Alexandre.

– Je crains le pire ! je rétorque.

– Il faut que tu inventes rapidement une machine à envoyer des messages dans le futur. Tu pourras expédier à ton clone à cheveux blancs le numéro de *L'Éclaireur* qui parle de l'arrestation de Caillemain et de son complice. Et, en même temps, tes parents, les gendarmes, le monde entier, tous seront obligés de nous croire. C'est quand même énervant de ne pas pouvoir prouver qu'on a raison !

Et il ajoute avec un grand sourire :

– Et puis, ça serait trop la classe d'avoir un pote prix Nobel !

L'AUTEUR

Jacques Asklund vit dans le Val de Loire, à Beaugency, ville où il a longtemps enseigné. Il se passionne pour l'histoire de sa région sur laquelle il a abondamment écrit. Lecteur attentif des livres pour la jeunesse, il a présidé pendant de nombreuses années un jury qui décerne un prix littéraire à l'ouvrage le plus drôle de l'année.

Ce n'est donc pas un hasard s'il a un jour remisé au fin fond de son ordinateur les fichiers d'archéologie un peu austères sur lesquels il travaillait pour laisser son imagination vagabonder sur le clavier. C'est ainsi qu'il est passé, tout naturellement, et dans la jubilation la plus totale, de la grande à la petite histoire.

DANS LA MÊME COLLECTiON

Un automne rouge sang, **Paul Thiès**
Carton rouge ou mort subite, **P. Barbeau/R. Judenne**
Le château de tous les dangers, **P. Barbeau/R. Judenne**
Crime d'auteur, **Jacques Asklund**
L'écrivain mystère, **Stéphane Daniel**
L'énigme des sept dragons, **Thomas Brezina**
Un été bleu cauchemar, **Paul Thiès**
Un fantôme au pensionnat, **Thomas Brezina**
Un hiver blanc frisson, **Paul Thiès**
Léo a disparu, **Roselyne Bertin**
Le mystère du château hanté, **Thomas Brezina**
L'ours sort ses griffes, **Jean Alessandrini**
Panique sur le télésiège, **Thomas Brezina**
Un printemps vert panique, **Paul Thiès**
Qui a volé mon chien ?, **Roselyne Bertin**

BRIGADE SUD

une série policière de J.-L. LUCIANI

1

2

3

4

RETROUVEZ LA SÉRIE DE CHRISTIAN GRENIER

LES ENQUÊTES DE LOGICIELLE

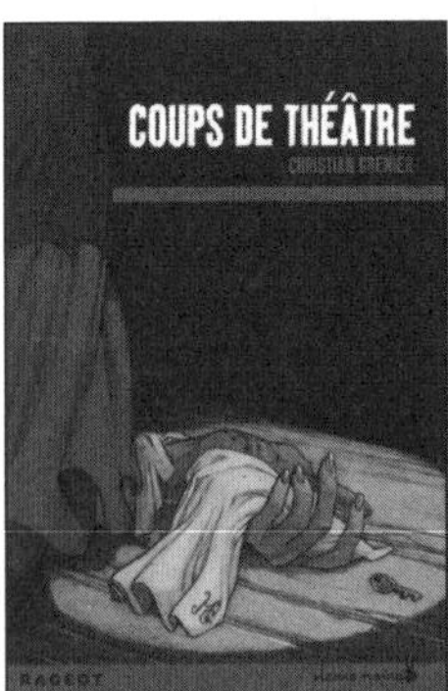

1

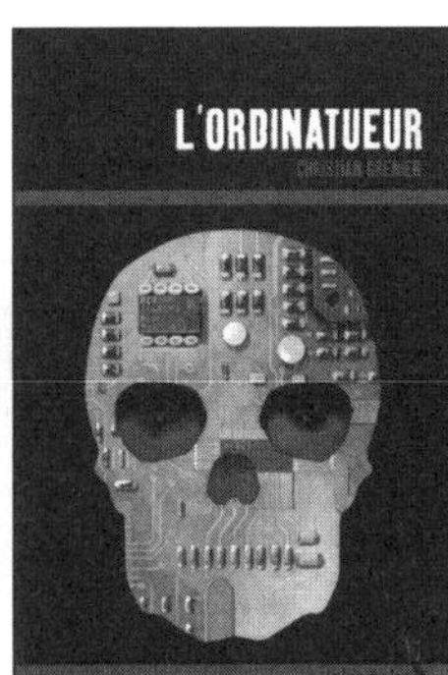

2

3

4

5

6

7

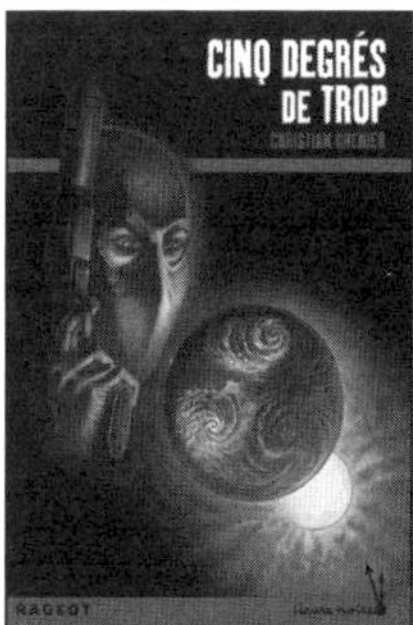

8

9

Heure noire

Retrouvez tous les titres de la collection

Heure noire

sur le site **www.rageot.fr**

Achevé d'imprimer en France en septembre 2009
par CPI-Hérissey à Évreux (Eure)
Dépôt légal : octobre 2009
N° d'édition : 5028 - 01
N° d'impression : 112305

CPI